ABALO

A JORNADA DE UM JOVEM HAITIANO DESDE O TERREMOTO DE 2010 ATÉ O PERÍODO PÓS-COVID NO BRASIL

Editora Appris Ltda.
1.ª Edição - Copyright© 2024 da autora
Direitos de Edição Reservados à Editora Appris Ltda.

Nenhuma parte desta obra poderá ser utilizada indevidamente, sem estar de acordo com a Lei nº 9.610/98. Se incorreções forem encontradas, serão de exclusiva responsabilidade de seus organizadores. Foi realizado o Depósito Legal na Fundação Biblioteca Nacional, de acordo com as Leis nos 10.994, de 14/12/2004, e 12.192, de 14/01/2010.

Catalogação na Fonte
Elaborado por: Josefina A. S. Guedes
Bibliotecária CRB 9/870

M149a
2024
	Machado, Ju
	    Abalo: a jornada de um jovem haitiano desde o terremoto de 2010 até o período pós-Covid no Brasil / Ju Machado. – 1. ed. – Curitiba: Appris, 2024.
	    121 p. ; 21 cm.
	
	    ISBN 978-65-250-5779-8
	
	    1. Ficção brasileira. 2. Imigrantes – Haiti. I. Título.
	
	                                                        CDD – B869.3

Appris
editora

Editora e Livraria Appris Ltda.
Av. Manoel Ribas, 2265 – Mercês
Curitiba/PR – CEP: 80810-002
Tel. (41) 3156 - 4731
www.editoraappris.com.br

Printed in Brazil
Impresso no Brasil

JU MACHADO

ABALO

A JORNADA DE UM JOVEM HAITIANO DESDE O TERREMOTO DE 2010 ATÉ O PERÍODO PÓS-COVID NO BRASIL

Appris
editora

FICHA TÉCNICA

EDITORIAL	Augusto Coelho
	Sara C. de Andrade Coelho
COMITÊ EDITORIAL	Andréa Barbosa Gouveia (UFPR)
	Jacques de Lima Ferreira (UP)
	Marilda Aparecida Behrens (PUCPR)
	Ana El Achkar (UNIVERSO/RJ)
	Conrado Moreira Mendes (PUC-MG)
	Eliete Correia dos Santos (UEPB)
	Fabiano Santos (UERJ/IESP)
	Francinete Fernandes de Sousa (UEPB)
	Francisco Carlos Duarte (PUCPR)
	Francisco de Assis (Fiam-Faam, SP, Brasil)
	Juliana Reichert Assunção Tonelli (UEL)
	Maria Aparecida Barbosa (USP)
	Maria Helena Zamora (PUC-Rio)
	Maria Margarida de Andrade (Umack)
	Marli Caetano
	Roque Ismael da Costa Güllich (UFFS)
	Toni Reis (UFPR)
	Valdomiro de Oliveira (UFPR)
	Valério Brusamolin (IFPR)
SUPERVISOR DA PRODUÇÃO	Renata Cristina Lopes Miccelli
PRODUÇÃO EDITORIAL	William Rodrigues
REVISÃO	Simone Ceré
DIAGRAMAÇÃO	Renata Cristina Lopes Miccelli
CAPA	Mateus de Andrade Porfírio
REVISÃO DE PROVA	William Rodrigues

Para Laura

Para sempre

*Os migrantes mudam radicalmente
a cultura do local para o qual migraram.*

(Umberto Eco)

PREFÁCIO

Li o livro de Juliana Machado duas vezes. Primeiramente, com um interesse maior sobre a relação do texto com a sua tese de doutoramento sobre migrações contemporâneas. A segunda vez foi para escrever este prefácio. Com esse exercício, deixei de concordar que é arriscado reler obras de que gostamos. Muitos evitam a releitura, alegando que desaparecem os suspenses, perde-se a novidade, reduz-se a curiosidade. Outros evitam a releitura por acreditarem que a paixão é fruto do valor da obra, mas também da circunstância em que foi lida. Ler *Abalo* duas vezes mostrou algo diferente.

A respeito do suspense perdido, Juliana já o teria eliminado nas duas primeiras páginas. A história se passa no Haiti, ano de 2010, e logo se lê "Naquela manhã, Joslin teve aula de história". No final da tarde, a história do país se repete: mais um terremoto, desta vez, em proporções bíblicas. Com isso, está definido o percurso dos personagens. Uma história pessoal que, descrita por uma historiadora que recém defendera sua tese, está definida por circunstâncias históricas e da natureza. A história de Joslin passa a ser a história do país, a história de emigrantes e o comportamento das sociedades que recebem essas pessoas alhures. Suspenses, se houve, não eram importantes.

Quanto ao receio da novidade perdida, esse também, já no início do livro, desaparece. Detalhes e mesmo fatos que não se consolidaram na minha memória quando da primeira leitura surgiram como novos na releitura. Um exemplo: o tema da aula de história que Joslin teve "naquela manhã", mas que faltara, fora sobre o terremoto de 1751, que havia destruído Porto Príncipe. É possível, de pronto, saber que o abalo se repetirá.

Por último, a curiosidade. Na primeira leitura, a curiosidade era sobre o dia seguinte de Joslin e seu amigo Edy; na segunda, ela se renova. Agora, o leitor deseja descobrir o que pode acontecer muito depois das emergências.

O livro de Juliana Machado nasce de uma pesquisa científica: ela escreve sobre aquilo que muito bem conhece. Por isso manuseia um texto direto, claro. Ela tem formação acadêmica em História. Por isso relata acontecimentos, contextualiza-os, e sugere um espaço sensorial para o leitor. Por sua visão de mundo, ela teve a sensibilidade de enxergar para além do que sua pesquisa circunscrevia. Por isso manuseia histórias pessoais e não apenas de conjunto.

Em vários momentos da elaboração de sua tese, a qual tive o prazer de acompanhar, foi possível confirmar sua proximidade não apenas com o fenômeno estudado – migrações e espaços urbanos –, mas também uma forte preocupação com as pessoas e suas questões individuais. Nos seus relatos das visitas ao assentamento de migrantes distantes do centro da cidade de Curitiba, já se tinha claro o sofrimento sem fim e da sobrevivência compulsória, mas com pedaços de alegria.

Abalo não resulta de uma tese de doutoramento. Escrito ou editado depois desta, ele, paradoxalmente, já existia. Vindo depois, também paradoxalmente, ajudou na construção daquilo que o antecedeu. A história conhece bem as reversões temporais, trocando o antes pelo depois. O prazer em ler e reler *Abalo* confirma a existência dessas inversões, repetições históricas e sobretudo nuances existentes em generalizações. Boa leitura!

Clovis Ultramari, *novembro de 2023*

Professor do Programa de Pós-Graduação em Gestão Urbana da PUCPR

SUMÁRIO

12 DE JANEIRO DE 2010...15

O DIA SEGUINTE..25

O ACAMPAMENTO...30

UM CONTRATEMPO 39

O MAR FOI E VOLTOU...43

OUTRO ACAMPAMENTO 53

DECISÃO NÃO TÃO FÁCIL...59

UMA LONGA VIAGEM..66

PRIMEIRAS IMPRESSÕES 74

VIDA NOVA, NOVOS AMIGOS 81

EM BUSCA DE TRABALHO...88

TRABALHANDO...95

UMA CONVERSA DIFÍCIL 101

AMOR NOS TEMPOS DA COVID...107

UMA IDA AO SHOPPING 113

ENFIM A UNIVERSIDADE..117

12 DE JANEIRO DE 2010

Era mais uma terça-feira comum na vida de Joslin. Como muitos adolescentes de 16 anos, seus dias se dividiam entre escola, estudos em casa, amigos, passeios na praia e o interesse pelas meninas. Para Joslin, Ylet se distinguia das demais garotas da sua turma. Joslin sempre se impressionava com os olhos de Ylet. Olhos vivos. A moça era magra, com longo pescoço que se destacava na gola azul marinho da camiseta branca do uniforme. Sempre trazia seus cabelos presos no alto da cabeça, o que lhe fazia parecer ainda mais alta e, de certa maneira, intocável. Seu sorriso era sincero e tímido. Mas Joslin era ainda mais tímido. Sempre pensava que "amanhã" ia falar com ela. Esse amanhã jamais chegou.

A vida em Porto Príncipe era boa, apesar de Joslin – tão novo – ter consciência dos problemas que acometiam sua terra: a corrupção, as constantes ações dos países imperialistas para manter o Haiti na pobreza, o pensamento de muitos haitianos de que, para terem uma vida melhor, precisavam sair do país e ir viver em lugares como a França e os Estados Unidos. Apesar da pouca idade, Joslin achava esse pensamento errado. Ávido leitor desde criança, o rapaz já tivera contato com Jean Jacques Rousseau, Alexis de Tocqueville, Hannah Arendt, entre outros. Sem falar nos escritores negros — seus preferidos — como Chinua Achebe, Nadine Gordimer e Frantz Fanon, que nasceu na Martinica, também colonizada pelos franceses. Essas leituras o ajudaram a ter uma visão crítica e não romantizada do mundo e despertaram nele a vontade de "fazer alguma coisa boa" na vida.

Convivia também com o imenso orgulho de ter nascido no único país do mundo que se estabeleceu devido a revolta bem-sucedida de seus antepassados escravizados. Joslin sempre imaginava como teria sido a vida e os pensamentos daqueles homens e mulheres que lutaram por dez anos contra os colonizadores e depois se tornaram líderes de um país livre. Sonhava cursar economia na Université d'État e ajudar o Haiti — a pérola das Antilhas — a se tornar uma grande nação.

Naquela manhã Joslin teve aula de história. O professor falou sobre o grande terremoto que acometeu o Haiti em 18 de outubro de 1751, quando a ilha ainda estava sob o domínio francês. Uma curiosidade que chamou a atenção do rapaz foi o fato de que, naquele terremoto, Porto Príncipe foi totalmente destruída e só sobrou em pé uma loja maçônica. Joslin não entendia muito bem essa coisa de maçons. Tudo o que sabia era que eles usavam roupas pretas, que nunca eram pobres (pelo menos era isso que as pessoas falavam) e que sua mãe — católica convicta — sempre lhe dizia que não eram boa gente, pois faziam reuniões secretas. "E se tem que ser escondido, boa coisa não é". Ele não tinha certeza se concordava com a mãe, pois, como todo adolescente, já fizera coisas escondidas. Tem coisas que mãe não precisa saber. Mas ele se achava uma boa pessoa.

Josline, mãe de Joslin, era enfermeira. Anos antes ela viveu um grande amor com Chovel, um soldado do exército haitiano que foi dissolvido em 1995, durante o golpe que levou de volta ao poder o ex-presidente Jean-Bertrand Aristide. Desse amor nasceu Joslin, que mal conheceu seu pai, pois este morreu durante conflitos com a polícia nacional quando ela assumiu a segurança do país. Joslin sempre ouvia sua mãe contar como o pai era corajoso, inteligente e gentil. Que quando começou a perceber o movimento que levaria ao

ABALO

golpe, chegou a pensar em ir com a família para a República Dominicana. No entanto, a instabilidade política da "terra de Trujillo" o fez repensar. Se era para viver incertezas, que fosse em seu próprio país.

Joslin tinha orgulho de seu pai. E se sentia uma pessoa de sorte, pois não fora abandonado, como alguns de seus amigos. Vivia a tristeza de não ter o pai por perto e ver a mãe trabalhando horas a fio no hospital de Pétionville para lhe dar boas condições de vida, mas sabia que o pai não tinha escolhido ir embora. A política o levou. Apesar dessa certeza reconfortante, o rapaz sentia a falta do pai, dos ensinamentos que poderia ter tido com ele, das conversas que nunca aconteceram, dos jogos e brincadeiras, dos conselhos e até mesmo das broncas. Muitas vezes Joslin conversava com o retrato de Chovel que ficava na sala. Na fotografia o soldado vestia sua farda camuflada com a bandeira do Haiti no lado direito e trazia a boina preta inclinada para o lado esquerdo da cabeça. Tinha a feição séria. Feição de soldado. Joslin se fixava por longos momentos na imagem do pai, tentando flagrar a doçura que a mãe exaltava. Algumas vezes ele chegava a pensar que a encontrara. Em outras, via o olhar resoluto de um combatente. Nos dois casos, ele se sentia honrado por ter nascido daquele homem.

Já eram quase duas horas da tarde e Joslin precisava voltar para a escola. Teria aulas de matemática, matéria da qual ele não gostava muito, mas sabia da importância. E o mais importante era que Ylet estaria lá. Nas aulas da tarde Joslin costumava se sentar ao lado da garota e conseguia sentir seu perfume. Era uma mistura de flores com o cheiro natural de quem sua no calor do Haiti. Joslin se inebriava com aquele cheiro e imaginava como seria poder senti-lo mais de perto. Gostava também de ver a menina escrevendo em seu caderno. Tinha a letra firme e redonda. Suas palavras pareciam desenhos de tão bonitas. Ela usava canetas coloridas para diferenciar as anotações que lhe pareciam mais importantes. Joslin se perdia observando o movimento das mãos de Ylet e as letras que nasciam daquela dança.

Só que naquela tarde tinha alguma coisa diferente no ar. Joslin estava inquieto. Sentia um aperto no peito que não sabia explicar. Ao mesmo tempo que queria ir para a aula, se sentar ao lado de Ylet e tentar entender um pouco da álgebra que o professor ensinava, estava com a necessidade de ficar ao ar livre, se sentar na beira da praia, sentir a brisa do mar. Não fez nenhuma das duas coisas. Em frente ao seu colégio havia uma praça na qual os estudantes costumavam se encontrar para conversar, jogar e fugir das aulas. Joslin ficou ali. Resolveu que naquela tarde iria somente sentir o vento e ler um pouco. Se sentou em um banco que ficava embaixo da maior árvore e começou a ler. Torceu para que ninguém o visse ali, pois teria que esperar até a hora em que as aulas acabavam para voltar para casa sem que sua mãe desconfiasse que não foi à escola naquela tarde. Não assistir algumas aulas era coisa que ele fazia, não contava para sua mãe e ainda assim não achava que isso fazia dele uma pessoa má. Pensando nisso, concluiu que os maçons poderiam ser boa gente.

O desejo de não ser descoberto ali na praça não foi atendido. Joslin estava há cerca de uma hora concentrado em seu livro, quando sentiu um toque no ombro. Era seu amigo Edy, que aproveitou o intervalo entre as aulas para sair do colégio:

— Você é a única pessoa no mundo que falta a aula para ficar lendo. Não sei como não está na biblioteca — disse Edy, em tom de gracejo.

— Eu estava inquieto demais para entender matemática. Ler me deixa tranquilo. Edy riu e disse que também

ABALO

estava inquieto, mas porque fazia muito calor e não estava entendendo nada daqueles cálculos que o professor tentava ensinar. Disse ainda, com um sorriso maldoso, que Joslin perdera a chance de ver o novo penteado de Ylet. Ela havia trançado os cabelos de um jeito bem diferente do habitual. Imediatamente Joslin começou a imaginar como estaria a garota com seu novo visual e a se praguejar por não ter ido para a aula. Mas logo pensou que poderia esperar para vê-la no horário da saída e isso o consolou.

Edy disse que estava indo à praia dar um mergulho antes do horário em que havia combinado de buscar sua avó na igreja. Ele tinha muito carinho e cuidado com a senhora que o criava desde que sua mãe morreu e seu pai foi embora. Diante de muitas dificuldades e uma criança para cuidar, a avó de Edy encontrava refúgio na religião e nas obras em que trabalhava na Pastoral da Criança. E aquele dia para ela era muito especial, pois a brasileira Zilda Arns, coordenadora internacional da pastoral, estaria na igreja e ia fazer um pronunciamento. Edy contou para Joslin que a avó acordou mais cedo do que de costume, vestiu a melhor roupa e ficou esperando o horário de ir fazer suas atividades antes do encontro com a Dona Zilda. Falou tudo bem rápido, como era seu costume, se despediu e foi-se com aquele jeito alegre de sempre. Joslin ficou olhando o amigo se afastar e pensando como ele era uma figura interessante. Um ano mais velho, sempre estava com um grande sorriso no rosto. Mas sua característica mais marcante era sempre saber de tudo antes de todo mundo. E quando não sabia de algo, conseguia informações em pouco tempo, se atualizando sobre os eventos mais aleatórios. Joslin sempre ficava impressionado com a quantidade e a diversidade de pessoas que Edy conhecia. Ele trazia em primeira mão as novidades mais secretas da escola, as brigas de família no bairro ou os acontecimentos no governo. Se Edy falava que algo aconteceu, estava acontecendo ou ia acontecer, podia contar que era verdade.

Joslin continuou um tempo pensando sobre o amigo enquanto ele se afastava e depois voltou para a leitura. Estava realmente um mormaço bastante forte e ele suava, mesmo estando sentado embaixo da árvore. Com o calor, veio a sonolência. Apesar de o livro que lia ser muito interessante, seus olhos começaram a ficar pesados e as letras começaram a embaralhar. Ele ainda tentou lutar contra o sono, mas em determinado momento se deixou levar. Era um pouco mais de 16h e ele precisava ficar ali até as 17h, horário do final das aulas. Um tempo depois – que ele não soube mensurar – sentiu que estava caindo e acordou assustado. O primeiro pensamento que veio à sua mente era que se tratava de um daqueles sonhos que as pessoas normalmente têm de que estão caindo e sentem exatamente essa sensação. Sua avó lhe disse uma vez que isso acontecia porque o espírito da pessoa saía para passear enquanto ela dormia e às vezes tinha que voltar muito rápido, como se estivesse atrasado para alguma coisa. Mas não era sonho nem sua alma que tinha ido dar um passeio. O chão estava tremendo. Joslin não estava entendendo o que se passava naquele momento e chegou a pensar novamente que estava sonhando com o terremoto de 1751. Mas ouviu gritos e viu o prédio de sua escola desmoronando. Ele não podia acreditar naquele espetáculo de horrores que acontecia bem na sua frente. Cheio de angústia ele queria ir até a lá salvar seus amigos, salvar Ylet, ajudá-los a sair do prédio e se livrarem do perigo. Mas ele não conseguia nem mesmo se sustentar em pé, quanto mais andar até a escola.

Para Joslin, tudo aconteceu muito rápido e ao mesmo tempo durou muito tempo. Quando o chão parou de tremer, tudo o que ele via era poeira, escombros dos prédios e gente

ABALO

desesperada. Ele caminhou na direção do local onde até poucos minutos atrás ficava sua escola, na esperança de encontrar alguém. Na esperança de encontrar Ylet. A nuvem de poeira e o medo de que tudo voltasse a tremer o impediam de ver direito o que estava à sua frente. Até porque, o que estava à sua frente era um amontoado de paredes quebradas, portas caídas, o portão, antes tão imponente, agora tombado por cima dos escombros. Os gritos aflitos de quem estava em volta sem entender direito o que tinha acontecido eram a trilha sonora daquele cenário caótico. O que havia acontecido? Estavam vivendo de novo o 18 de outubro de 1751? Joslin olhou em volta e percebeu que não era somente sua escola que estava desmoronada. Toda a praça e os prédios em volta dela foram afetados. Árvores caíram, bancos se partiram, a lanchonete, local de convivência de muitos estudantes sumiu. Nada sobrou daquele lugar que antes era o palco do cotidiano de Joslin e seus amigos.

A perplexidade de Joslin foi interrompida por um sussurro vindo dos escombros da escola e que ele ouviu com muito esforço. Ele correu na direção da voz que gemia e percebeu que havia alguém ali embaixo das pedras pedindo ajuda. Começou a gritar para que outras pessoas que estavam nas redondezas viessem ajudá-lo a tirar aquela pessoa dali. Dois homens conseguiram sair do torpor em que se encontravam e foram ajudar Joslin a retirar os escombros do local do qual vinham os gemidos. Um dos homens que vieram em auxílio conseguiu identificar pelo som a posição exata em que estava a pessoa que pedia socorro. Eles retiraram algumas pedras de cima, o que permitiu que Joslin visse que se tratava do Sr. Josapha, zelador da escola, que no momento do terremoto varria o pátio perto do muro. O ancião estava todo coberto de pó e a parte visível de seu rosto mostrava alguns arranhões.

Ainda assim, foi possível perceber o alívio em seus olhos, quando viu que os homens o haviam encontrado. Enquanto o grupo ia tirando os entulhos que estavam em cima e em volta dele para livrá-lo, Sr. Josapha murmurava repetidamente:

— *Mezanmi, mezanmi*[1].

Depois de um tempo que pareceu uma eternidade para Joslin, conseguiram tirar daqueles escombros um Sr. Josapha bastante machucado, com uma perna quebrada e muito agradecido. Um dos homens disse que era preciso levá-lo para um hospital e, ao ouvir essa palavra, Joslin se lembrou de sua mãe Josline, que estava de plantão. Sentiu um aperto no peito e toda a preocupação que até então não tinha se manifestado veio à tona. Falou para os homens que precisava ir ver como estava sua *manman*[2] e correu em direção ao hospital. A caminhada foi difícil, pois em todo lugar havia prédios caídos, poeira, escombros e gente em desespero. Joslin estava com medo do que iria encontrar, mas ansiava pelo abraço de Josline. Sabia que a hora em que estivesse com ela se sentiria melhor, apesar da destruição em volta. Eles sempre estiveram juntos e eram a força um do outro. Isso também ia passar. Ao chegar ao local onde antes ficava o prédio do hospital de Pétionville, seu coração acelerou e o rapaz foi tomado por um enjoo que nunca sentira antes. Uma névoa maior do que a nuvem de poeira que tomava conta das ruas invadiu sua cabeça e ele teve que se escorar em uma pilastra tombada para não cair no chão. O que antes era um lugar de cura e conforto para os doentes se transformou em um amontoado de paredes caídas, vestígios de aparelhos, pontas de ferros de sustentação à vista. E nenhum sinal das pessoas que estavam lá dentro. Em um ato desesperado, Joslin tentou calcular onde

---

[1] Querido, querido.
[2] Mãe.

ABALO

seria, em meio a todos aqueles destroços, a altura da área em que Josline trabalhava e começou a escalar os entulhos para chegar naquele ponto e cavar com as mãos até encontrar e tirar sua mãe de lá:

"Minha mãe precisa de mim, minha mãe tem que sair dali; eu preciso tirar minha mãe dali" — eram as únicas três frases que ocupavam todo seu pensamento.

Algumas pessoas que também tinham parentes ou amigos que estavam no hospital na hora do terremoto se juntaram a Joslin na tentativa frenética de encontrar alguém com vida. Apesar da boa intenção daquela gente, o trabalho resultava infrutífero, pois eles não tinham experiência em salvamento e não sabiam como lidar adequadamente com aquela situação. A infraestrutura precária do Haiti mostrava naquele momento sua face mais dura, pois os socorristas, tão imprescindíveis e decididos a fazer um bom trabalho, não eram suficientes nem tinham as condições necessárias para atuar de forma eficiente. E quanto mais o tempo passava, mais desesperado Joslin ficava, pois sua mãe tinha que sair de debaixo daquele monte de coisa. Ele ficava imaginando que ela devia estar sentindo dor, pois poderia ter quebrado um braço ou uma perna como o Sr. Josapha. Devia estar com frio, com fome e pensando por que Joslin estava demorando tanto para tirar ela daquele lugar. Em meio a todos esses pensamentos e com os olhos cheios de lágrimas, Joslin não percebeu a escuridão em sua volta. A noite já tinha caído e com ela chegou uma escuridão imensa, pois o terremoto tinha danificado o sistema de iluminação. De repente ele sentiu uma mão em seu ombro e se assustou. Era um desconhecido que portava uma lanterna e falou para ele que naquele momento eles não iam conseguir mais fazer muita coisa. Que o melhor era tentar descansar um pouco e continuar as buscas no outro dia, quando haveria luz. Joslin não queria deixar Josline ali, mas o desconhecido argumentou que naquele escuro a chance de ele se machucar era muito grande e aí não conseguiria mesmo resgatar sua mãe. Diante de toda a exaustão física e mental que ele sentia e da falta de condições de enxergar muito durante a noite, o rapaz cedeu, mas não saiu de perto daquele local. Encontrou refúgio em uma área que estava razoavelmente livre de escombros e se deitou. Dormiu um sono intranquilo, cheio de tremores e com a imagem da mãe em sua cabeça.

O DIA SEGUINTE

Estava uma manhã mais clara do que normalmente são as manhãs em Porto Príncipe. O sol brilhava com muita intensidade, mas a temperatura estava agradável. Uma brisa amena vinha do mar e Joslin sentia uma tranquilidade e bem-estar diferentes. De repente ele viu duas pessoas vindo lá longe. Colocou a mão em formato de concha na testa para cobrir o sol e apertou os olhos para acurar a visão e conseguir ver quem eram. Sentiu uma emoção fortíssima quando percebeu que eram seu pai e sua mãe. Correu para encontrá-los, mas quanto mais corria, parecia que mais distante eles ficavam, apesar de estarem vindo em sua direção. A alegria inicial de ver os dois juntos e poder abraçá-los, foi se transformando em desespero e agonia por não os alcançar. Joslin corria, mas suas pernas pareciam pesadas e não saíam do lugar. Ele tinha a impressão de que estava correndo ajoelhado. O rapaz ficava mais ansioso a cada segundo e começou a gritar:

— *Manmi, papi*[3] — até que as palavras já não saíam mais de sua boca. De repente ele ouviu alguém chamando seu nome.

— Joslin, acorda, acorda! — Ainda atordoado, Joslin abriu os olhos e viu seu amigo Edy, que dessa vez não estava com o habitual sorriso no rosto, mas com um semblante triste, preocupado e cansado. Os amigos se abraçaram e choraram muito um no ombro do outro. Depois que se acalmaram um pouco, Edy contou que estava perto da igreja quando tudo aconteceu. Sentiu o tremor e caiu deitado no chão, com as mãos na cabeça. Só ouvia um barulho terrível e sentia o ar

---

[3] **Mamãe, papai.**

se transformando em poeira. Nem conseguia pensar, pois parecia que sua cabeça e tudo o que tinha dentro dela sacudia junto com o chão. Quando tudo parou de tremer, Edy demorou ainda para criar coragem de se levantar e abrir os olhos para olhar em volta. Quando conseguiu forças para se erguer, tudo o que viu foi poeira e devastação. A igreja em que sua avó estava desmoronou e não havia esperança de encontrar ninguém com vida. Edy contou isso com a voz embargada e completou:

— Pelo menos ela morreu fazendo o que gostava e conseguiu ver a Dona Zilda antes de ir. — Depois de constatar que sua avó era irrecuperável, Edy começou a vagar sem destino pela cidade destruída. Em determinado momento se lembrou de que havia visto Joslin pela última vez em frente à escola e foi até lá em busca do amigo. Quando viu que a escola também não tinha resistido ao abalo, pensou que talvez Joslin tivesse ido procurar pela mãe no hospital. E foi assim que o encontrou, deitado na rua e tendo o que parecia ser um sonho ruim. Até ficou em dúvida se deveria acordá-lo de um pesadelo para viver outro.

Joslin, por sua vez, contou para Edy o que viveu desde a última vez em que se viram e disse que agora que já estava claro de novo, ia continuar procurando por sua mãe. Edy olhou para a montanha de escombros e achou que a esperança do amigo de encontrar a mãe com vida era infundada. Mas não teve coragem de dizer. Ao invés disso, colocou a mão no ombro de Joslin e disse:

— Vamos lá, eu vou te ajudar. — Os dois começaram então a retirar pedras e a tentar detectar algum sinal de vida. Se juntaram a eles outras pessoas que, como no dia anterior, também estavam procurando por parentes e amigos. Algum tempo depois, agentes da defesa civil tentaram organizar as

ABALO

buscas. Joslin teve medo de que eles não o deixassem continuar ali, mas diante da situação toda ajuda era bem-vinda. Começaram a encontrar pessoas mortas nos escombros. A cada novo corpo tirado, Joslin vivia um profundo temor e um grande alívio quando percebia que não se tratava de Josline. De repente, um agente da defesa civil gritou:

— Tem alguém vivo aqui! — Todos correram em sua direção e começaram a tirar os escombros de forma mais cuidadosa. Alguém falou que era uma mulher e o coração de Joslin disparou:

— *Epi manman m*[4] — ficava murmurando baixinho. E se embrenhou entre as pessoas para chegar mais perto. Ele não conseguiu disfarçar a decepção quando viu que não era sua mãe, mas Zuri, a recepcionista daquela ala do hospital que sempre o recebia com um grande sorriso e com muita simpatia todas as vezes em que ele ia encontrar Josline no trabalho. Passado esse primeiro momento de frustração, ele pensou que se haviam encontrado Zuri viva, em breve chegariam em Josline. E ele não estava errado. Algum tempo depois sua mãe foi encontrada e tirada dos escombros. Só que ela não estava viva. Joslin sentiu como se tivessem dado uma pedrada em seu coração naquele momento. A dor e o vazio que ele sentia pareciam que iam explodir seu peito. Ele começou a andar em círculos e a murmurar:

— *Non, non, non*[5] — totalmente desorientado. Em sua cabeça passavam ideias confusas, como o que iria fazer, como seria a vida sem a sua fortaleza, como iria sorrir de novo. Ele então foi até onde tinham deitado o corpo sem vida de Josline e se ajoelhou para olhar a mãe. Naquele momento se sentiu pequeno como uma formiga, um ser insignificante diante de

---

[4] É minha mãe.
[5] Não, não, não.

toda a dor que sentia. Ao mesmo tempo, parecia que todo o mundo se dobrava em cima dele, fazendo pressão para esmagá-lo.

Edy se aproximou e disse que sentia muito por tudo aquilo que eles estavam passando. E que a partir daquele momento, tudo o que eles tinham era um ao outro. Com sentido prático, Edy disse que eles deveriam ir para onde antes eram suas casas para verem se havia sobrado alguma coisa. Diante do protesto de Joslin, que não queria sair de perto do corpo da mãe, Edy argumentou que não adiantava ficar ali, pois as equipes de busca iam levá-lo para algum lugar junto com as outras vítimas. Prometeu que eles iriam juntos fazer um belo funeral para Josline. Essa promessa Edy não pôde cumprir, pois, com o passar dos dias, o número de mortos foi ficando cada vez maior, ao ponto de o governo precisar enterrar os corpos em covas coletivas. Joslin nunca soube quando nem onde Josline foi enterrada.

O caminho para a casa de Edy — que era a mais próxima do local onde se encontravam — não foi suave nem fácil. Além dos escombros e de muitas ruas estarem intrafegáveis, a população de Porto Príncipe começava a se revoltar contra a falta de estrutura, de comida e água, somada ao que eles entendiam como inação do governo diante da tragédia. A República Dominicana — país vizinho — mandou equipes de resgate para ajudar nas buscas por corpos e sobreviventes. A cidade estava tomada por repórteres de todo o mundo. E isso causou ainda mais tumulto, pois algumas pessoas, desesperadas, começaram a saquear, a tentar roubar os caminhões e a agredir os repórteres.

Na casa de Edy não tinha nada que pudesse ser recuperado. Então os dois rapazes seguiram para a de Joslin, na esperança de encontrar alguma coisa. Apesar de, antes do

ABALO

terremoto, as casas serem perto e eles fazerem o trajeto em menos de cinco minutos a pé, as novas condições dificultaram muito o percurso. Os dois tiveram um choque ainda maior quando viram que manifestantes desesperados e famintos estavam bloqueando as ruas com cadáveres em seus protestos. Porto Príncipe parecia um cenário de guerra daqueles que Joslin tinha visto nos livros de História, em filmes ou nos telejornais.

A casa de Joslin não foi mais útil do que a de Edy. Também havia sido totalmente destruída e não dava para recuperar nada. Ainda assim, Joslin vasculhou os escombros em busca de alguma coisa que restasse de sua vida. Encontrou a foto de Chovel. Tirou-a de dentro do porta-retrato quebrado e guardou em seu bolso. Pelo menos poderia levar seu pai aonde fosse.

Ao voltarem para a rua, encontraram uma equipe de resgate que trabalhava ali perto e um dos voluntários disse para os rapazes que estavam sendo montados acampamentos para desabrigados nos quais eles encontrariam abrigo, alimento e água. Então os dois foram para lá.

O ACAMPAMENTO

Joslin e Edy chegaram ao acampamento indicado pelo voluntário e o que encontraram foi uma cena desoladora. Várias barracas improvisadas com lona preta abrigavam um grande número de pessoas. Não havia energia elétrica, comida e água eram escassos, faltavam roupas e cobertores. Pessoas que conseguiram salvar algumas coisas de suas casas até tentavam dividir o pouco com os demais, mas estava longe de ser suficiente. Havia também um clima de desconfiança no ar, porque todos temiam saques e roubos que os privariam dos parcos bens que ainda tinham. Em algumas barracas um pouco mais estruturadas, foram montados hospitais de emergência nos quais médicos, enfermeiros e voluntários tentavam amenizar as dores dos feridos, sem recursos e condições adequadas. E o desafio desses profissionais era enorme, pois eles tinham que lidar com pessoas em estado de choque, com vários tipos de ferimento, amputações e toda a sorte de enfermidades.

Entre os feridos que estavam no hospital improvisado, Joslin encontrou o Sr. Josapha. Assim que o viu, o idoso abriu um sorriso e disse:

— Como vai o papai da minha vida?

O rapaz ficou contente ao ver o senhor, que parecia estar se recuperando e com aparência animada. Sr. Josapha lhe contou que depois que Joslin o deixou com os demais homens que ajudaram a tirá-lo dos escombros, uma equipe de salvamento chegou e começou a trabalhar para resgatar as pessoas que estavam na escola. Disse ainda, com o olhar

ABALO

anuviado, que poucos foram tirados de lá com vida. Ao ouvir isso, Joslin sentiu mais um aperto no coração, lembrando dos rostos de diversos colegas, professores e professoras queridos. De repente, uma imagem inesperada invadiu seus pensamentos: uma mão desenhando lindas letras coloridas em um caderno. Era a mão de Ylet que ele via. Será que ela estava entre os que sobreviveram? Não pôde conter uma lágrima e a sensação de vazio que sonhos não realizados trazem. O Sr. Josapha, ao perceber a tristeza de Joslin, tentou mudar de assunto e falar sobre a sorte que eles tinham de ainda estarem vivos depois de tudo o que aconteceu. Foi nesse momento que Joslin percebeu que o zelador de sua escola perdera a perna direita. E ainda se sentia com sorte.

Nesse momento uma mulher se aproximou de Joslin e perguntou seu nome, se ele tinha algum ferimento, se pretendia permanecer com eles no acampamento e se estava sozinho ou com outros membros da família. Ao ouvir essa pergunta, Joslin se deu conta de que estava sozinho e pensou que provavelmente iria continuar assim pelo resto da vida, pois o terremoto havia levado sua mãe. De repente a tristeza que sentia foi substituída por um profundo sentimento de revolta que se voltou para aquela estranha que queria saber de sua vida:

— Para que você está me perguntando essas coisas? — falou Joslin de maneira tão ríspida que o Sr. Josapha, que ouvia o diálogo, se assustou.

A mulher, no entanto, se percebeu a rispidez do rapaz, fingiu que não notou e respondeu sem alterar o tom de voz:

— Meu nome é Elyna e estou ajudando na ordenação do acampamento. Como você pode ver, todos aqui estamos muito abalados, pois perdemos muitas coisas e pessoas queridas. Então agora precisamos tentar nos unir e nos ajudar dentro do possível. As pessoas que conseguiram salvar alguma coisa de suas casas, como comida e roupa, estão tentando dividir com os demais, mas sabemos que estão acontecendo saques em vários locais da cidade e por isso precisamos nos revezar durante a noite em vigílias que ajudam a nos manter mais seguros. Além disso, estou colhendo informações para podermos racionar comida, cobertores, água, essas coisas.

Ouvindo isso, Joslin se sentiu constrangido pela reação abrupta. Mas não teve coragem de pedir desculpas. Tudo o que conseguiu fazer foi dizer que sim, pretendia ficar ali por um tempo, que estava com um amigo e que poderia ajudar na vigília da noite. Elyna sorriu para ele e disse:

— Muito bem, Joslin. Seja bem-vindo. Vou anotar aqui seus dados e depois te passamos a escala da noite. — O "bem-vindo" foi dito pela mulher de uma maneira tão afetuosa que causou em Joslin uma sensação boa de aconchego, parecida com a que ele sentia quando chegava em casa e Josline o recebia com um grande sorriso e um prato de *mandazi*[6], que ela havia aprendido a fazer com a avó. A lembrança da imagem da mãe lhe apertou o coração.

Quando Elyna os deixou, o Sr. Josapha olhou para Joslin e não precisou dizer nada para que o rapaz entendesse que o velho desaprovou seu comportamento inicial, mas entendeu de onde ele veio. O olhar era terno e afável. Naquele momento passou pela cabeça de Joslin como era curioso o fato de, no meio da maior dor que ele já havia vivido, estar se sentindo tão amparado. E por pessoas que também estavam vivendo tragédias e perdas: "Isso deve ser solidariedade", ele pensou.

O chamado de Edy o tirou de suas reflexões e o fez voltar à realidade — parecia que a missão da vida do amigo era tirá-lo de sonhos e pensamentos. Dessa vez ele vinha

---

[6] **Espécie de pão frito originário de países do Leste Africano.**

ABALO

lhe dizer que precisavam ir até a tenda em que funcionava a organização do acampamento para verificarem o local no qual iriam se instalar e quais seriam seus turnos na vigília da noite. Ao chegarem à tenda, havia um certo caos estabelecido. Muita gente perdida, pedindo informações, querendo comida e cobertores. Alguns soldados estavam lá tentando organizar as coisas e Joslin percebeu que muitos deles não eram haitianos. Edy lhe contou que eram do exército brasileiro que faziam parte da Minustah[7]. Ao falar isso, Edy complementou:

— Aliás, um deles me disse que o chefe Hédi Annabi morreu no terremoto. Ele estava na sede da missão junto com outras pessoas. O prédio caiu e não encontraram sobreviventes. — Joslin lembrou o quanto ele, quando era mais novo, ficava maravilhado com todos aqueles soldados de países diferentes, falando palavras que ele não entendia e andando pelas ruas com uma postura de coragem.

Já mais crescido, tendo desenvolvido algumas percepções e um certo senso crítico, ele começou a ver a Minustah de outra forma. Ele conheceu algumas crianças que eram filhas de soldados com mulheres haitianas que algumas vezes foram estupradas e na maioria das vezes foram abandonadas. Ou seja, essas crianças não conheciam seus pais. Um professor de Joslin dizia que, apesar do discurso da ONU e das forças armadas ser de que a Minustah tinha sido um sucesso e trazido pacificação para o Haiti, esse sucesso não beneficiava o povo haitiano. Só estabilizou um governo golpista e reintroduziu a cólera que matou mais de 10 mil pessoas. Quando falou essas coisas para os estudantes, o professor parou e ficou olhando para o nada um bom tempo, enquanto a turma toda

---

[7] **Missão das Nações Unidas para a estabilização do Haiti.**

estava em silêncio, esperando alguma coisa. De repente ele murmurou:

— Nada de bom... — balançando a cabeça de um lado para outro várias vezes. E acabou a aula.

Naquela primeira noite da vigília de Joslin choveu. Ele e Edy estavam muito cansados, mas com o incômodo de terem as roupas molhadas, o sono não os dominava. Isso era bom, porque chegavam notícias de saques acontecendo em vários lugares e eles não podiam facilitar. Os dois estavam atentos, mas sentiam muito medo. Torciam para que ninguém tentasse roubar nada nas barracas que eles estavam cuidando, pois não sabiam muito bem o que deviam fazer nem se iam conseguir fazer alguma coisa. De repente, viram alguém se aproximando na escuridão. O coração dos rapazes disparou. Joslin viu os olhos arregalados de Edy, que brilhavam mais do que o normal. Mas ele não sabia se era por causa do medo ou por causa da chuva. À medida que a pessoa se aproximava, Joslin apertava muito o bastão que carregava e quase machucou a mão. Sua respiração ficou ofegante e difícil. Ele queria sair correndo, queria estar em casa com sua mãe, queria chorar. E pela cara de Edy, os sentimentos não eram muito diferentes. O amigo de sorriso fácil estava sério e preocupado. Olhou profundamente para Joslin e disse:

— Não vamos deixar ninguém levar mais nada de nós. — Essas palavras fizeram o estômago de Joslin doer. Ele ia ter que lutar. Enquanto imaginava um combate violento e estratégias de ataque, o vulto que estava muito perto falou:

— Olá, meus irmãos! Vim ajudar vocês na vigília. — Ouvir essa frase foi um alívio. Joslin soltou um suspiro e Edy abriu um sorriso que iluminou a escuridão. Eles viram que o recém-chegado era um militar brasileiro:

ABALO

— Sou o sargento Carvalho, do Brasil. Como estão as coisas por aqui? — Joslin e Edy falaram para o sargento Carvalho que a noite estava tranquila e que fora ele, até então ninguém mais havia se aproximado deles.

O sargento Carvalho era um homem de porte médio e forte. Andava com firmeza, tinha uma voz forte e um falar gentil. Depois que ele chegou, os rapazes ficaram mais relaxados, pois parecia que aquele estrangeiro de farda camuflada podia protegê-los de qualquer coisa. Sargento Carvalho contou que era de um lugar do Brasil chamado Minas Gerais. Que Minas Gerais era um estado e que a cidade na qual ele nasceu se chamava Juiz de Fora. Falou que sua cidade ficava em um vale, cercada por montanhas e que desempenhou um papel importante para o Brasil no tempo da colonização, quando Portugal levava todo o ouro que conseguia minerar para a Europa. Devido a sua localização, entre as minas e o porto do Rio de Janeiro, a cidade era uma parada estratégica para reabastecimento de suprimentos e algumas transações comerciais. Contou também que mais tarde, na época da industrialização, Juiz de Fora chegou a ser chamada de "Manchester Mineira", em referência a cidade inglesa de mesmo nome, que abrigava o que havia de mais moderno na época em termos de tecnologia industrial. Juiz de Fora foi um grande polo têxtil naquele momento.

Edy não se interessava muito pelas histórias, chegando mesmo a cochilar. Já Joslin ficava curioso para saber mais e imaginava como seria aquela cidade que, pelas descrições do sargento Carvalho era muito diferente de tudo o que ele conhecia. Pensou que um dia queria visitar Juiz de Fora, andar pelo tal calçadão, ver a fábrica Bernardo Mascarenhas, que virou centro cultural, entrar e sair de galerias — que o sargento disse ser uma grande distração nos sábados pela manhã, olhar a vista do Morro do Cristo. Não era a primeira vez que Joslin pensava em viajar e conhecer outros lugares. Mas era a primeira vez que ele pensava no Brasil. Até então ele tinha planos de ir para a França, conhecer o país que colonizou o seu. Queria também ir para a África, conhecer Ruanda, Uganda, Zimbabué, Nigéria... Ele e Josline sempre falavam em ir a esses lugares. Agora ele, se tivesse forças para fazer essas viagens, iria só. Mas carregaria a mãe consigo em pensamento e o pai no retrato resgatado.

Envolto em seus pensamentos e embalado pelas histórias do sargento Carvalho, Joslin não percebeu como o tempo de vigília passou rápido. De repente, tinha dado a hora de trocarem de lugar com o próximo grupo que iria assumir e ele só percebeu o quanto estava cansado quando entrou na barraca e dormiu profundamente. Naquela noite nem o forte ronco de Edy atrapalhou seu sono. E naquela noite Joslin não sonhou. Acordou na manhã seguinte revigorado e por um instante, ao abrir os olhos, não reconheceu o lugar em que estava. Precisou de alguns segundos para voltar à realidade. Parecia um computador que estava sendo reiniciado. Quando se deu conta de onde estava e lembrou de tudo o que viveu até aquela manhã, novamente sentiu um soco no estômago, um gosto amargo na boca e uma angústia sem fim. Queria ter ficado dormindo. Mas não podia. Levantou-se e foi com Edy até a barraca restaurante tomar o desjejum, para depois verificar quais eram as atividades que ele podia fazer para ajudar o acampamento naquele dia. Toda aquela semana transcorreu dessa mesma maneira. Acordar com vontade de continuar dormindo, ajudar em algumas tarefas no acampamento e esperar a noite, o seu horário no turno de vigília para conversar mais com o sargento Carvalho. Joslin queria saber mais sobre o Brasil e, como militar, o sargento

ABALO

Carvalho tinha viajado muito em várias missões e, por isso, tinha muita coisa para contar.

Joslin ficou sabendo que o Brasil foi colonizado por Portugal e que por isso seu idioma oficial é o português e não o espanhol. Descobriu que Brasília é a capital e que as cidades mais conhecidas são Rio de Janeiro e São Paulo. Indo do Haiti para o Brasil, o mais fácil era entrar por Manaus ou por Boa Vista. Que o país tem um estado chamado Bahia, que, na opinião do amigo brasileiro, é muito parecido com a África, pois tem várias tradições e religiões de matriz africana, e faz vários rituais belíssimos durante o ano. Além disso, a Bahia tem a segunda maior população negra fora da África. Joslin ficou encantado ao imaginar essa homenagem aos antepassados e sempre esperava ansiosamente pelo horário da noite, em que poderia aprender mais coisas sobre aquele lugar desconhecido, mas que já estava em sua lista de pre-diletos. Mas, em uma noite, o sargento Carvalho disse que em dois dias iria partir. Seu destacamento iria atender outra localidade do Haiti.

Essa novidade deixou Joslin bastante desolado, mas quando o sargento Carvalho disse que iria para uma ilha de pescadores chamada Petit Paradis, ele lembrou que lá era onde morava o tio Jonas. Na verdade, tio Jonas era tio de sua mãe, que tinha muito carinho pelo velho pescador. Ou seja, tio Jonas era, na verdade, seu tio-avô. Joslin lembrou das muitas vezes em que tinha ido com Josline visitar o ancião que sempre os recebia com muita alegria e cordialidade. Imediatamente veio a sua mente o sorriso sem todos os den-tes, as mãos enrugadas e cortadas por causa do manuseio das redes de pesca e das facas que limpavam os peixes. Dos cabelos totalmente brancos que contrastavam com a pele escura. Ficou imaginando como ele estaria e pensou que ele não sabia que a sobrinha fora vítima do terremoto e poderia estar preocupado, querendo notícias. Tomou a decisão de pedir ao sargento Carvalho para ir junto com o destacamento. Contou seu plano para Edy, que imediatamente se prontificou a acompanhá-lo, pois agora "eles só tinham um ao outro e ia ser bom ter um tio velho para cuidar".

Assim, dois dias depois, Joslin e Edy se despediram do Sr. Josapha e deixaram Porto Príncipe e o acampamento em direção a ilha de Petit Paradis. Ao abraçar o velho zelador, Joslin sentiu que era a última vez que o via. Mas tinha que partir e o fato de Edy ir com ele era uma coisa boa. Eles não sabiam o que os esperava, mas também não tinham nada a perder.

UM CONTRATEMPO

O caminho até Petit Paradis não foi fácil. As estradas estavam caóticas e sujas. Havia escombros e pessoas andando a pé, de bicicleta e do jeito que podiam, tentando chegar em outras localidades para encontrar parentes e amigos. Joslin e Edy viajavam na traseira de um caminhão todo branco, com as letras UN (Nações Unidas) plotadas na frente e dos lados. Com eles, estavam vários soldados e na frente, junto ao motorista, o sargento Carvalho. O comboio era composto por cinco caminhões que carregavam soldados, alimentos, água e medicamentos. Em um determinado momento o comboio parou e eles puderam ouvir que do lado de fora estava acontecendo um certo tumulto. O sargento Carvalho deu ordem para os soldados descerem e para Joslin e Edy permanecerem onde estavam.

Ao mesmo tempo que os rapazes estavam curiosos para saber o que estava acontecendo, estavam com muito medo. Tentavam espiar pelos buracos que havia na lona do caminhão, mas tudo o que viam eram os vultos e ouviam as pessoas falando freneticamente. Apesar de não conseguirem entender o que estava sendo dito, os amigos sentiam uma tensão crescente entre os militares e os indivíduos que estavam no local. Não conseguindo lidar com a curiosidade e o medo, Edy se debruçou na parte traseira do caminhão e projetou seu corpo para o lado, com o intuito de ver tudo o que estava acontecendo. Joslin pediu para ele sair dali, pois podia se machucar ou entrar em apuros, mas Edy não o escutou. Estava mais preocupado em descrever para o amigo o que via: Ele contou para Joslin que estavam detidos em uma barricada de moradores locais que, portando pedaços de pau ou ferramentas como facões, ancinhos ou enxadas, exigiam que os militares lhes entregassem comida, medicamentos e outros suprimentos que porventura estivessem nos caminhões. Eles haviam bloqueado a estrada com entulhos e Joslin lembrou que ouviu em Porto Príncipe a notícia de que em alguns lugares as pessoas estavam bloqueando as estradas e fazendo trincheiras com corpos de vítimas do terremoto. Pediu baixinho aos céus que ali não estivesse acontecendo aquilo.

O sargento Carvalho tentava conversar com as pessoas e lhes dizer que os suprimentos que tinham no caminhão eram direcionados para Petit Paradis e que por isso ele não podia concedê-los. E os orientou a procurar os acampamentos, pois lá eles iam conseguir ajuda. Mas aquelas pessoas não queriam conversa. Estavam tomadas pela fome, pela dor das perdas que viveram, pela sensação de desalento, pelo medo do que vinha pela frente. E muitas vezes o medo se manifesta em forma de violência. O sargento Carvalho sabia disso e, apesar de usar um tom amigável e buscar o diálogo, estava atento a todas as reações em sua volta. Parecia que tudo estava se encaminhando para um bom termo, mas ele sabia que não podia descuidar.

De repente, Edy, que continuava se equilibrando na traseira do caminhão, escorregou o braço e bateu com o queixo na beirada. A dor fez com que ele gritasse, o que chamou a atenção do grupo que voltou em peso para olhar o que estava acontecendo. Quando viram Edy, um homem que, aparentemente liderava os bloqueadores, correu em sua direção gritando: "eles estão acoitando gente aqui! Mentiram para nós!". Edy ficou apavorado, correu para perto de Joslin e os dois se encolheram no fundo do caminhão. As outras pessoas

ABALO

do grupo de bloqueadores começaram a gritar, balançando o que tinham em suas mãos em uma atitude de ameaça. Os soldados esperavam a ordem do sargento Carvalho para agirem.

Percebendo que naquele momento todos os esforços de diálogo tinham caído por terra e que seria preciso uma atitude mais firme, o sargento Carvalho ordenou que os soldados ficassem preparados e deu três disparos para cima. Ao ouvirem os tiros, as pessoas se assustaram e enquanto algumas começaram a correr de forma desorientada, outras se abaixaram ou mesmo se deitaram no chão. Era um clima de pânico e tensão. Joslin e Edy se encolheram ainda mais dentro do caminhão e, enquanto apertavam os ouvidos com as mãos, se espremiam mais um contra o outro em uma atitude inconsciente de busca por proteção. Passado o primeiro momento, o sargento Carvalho disse para o grupo de bloqueadores que não tinham mais tempo a perder e que o comboio seguiria seu caminho. Deu uma olhada em volta e se deparou com aqueles rostos sofridos, olhares desolados e sem esperança. Ele não podia simplesmente ir embora e deixar que a última imagem que aquelas pessoas vissem de seu comando eram caminhões indo embora com suprimentos e os deixando sem nada. Ordenou que alguns soldados esvaziassem um dos caminhões e entregassem os alimentos, a água e os remédios que havia neles para o grupo, enquanto outra parte dos soldados montavam guarda. Em seguida, sargento Carvalho desejou que os suprimentos fossem úteis para aquele grupo, se despediu com um aceno de cabeça e deu ordem para seus soldados partirem.

As pessoas que antes bloqueavam a estrada agora estavam ocupadas transportando os suprimentos que receberam para um lugar seguro, uma vez que ali, à beira do caminho, corriam o risco de que um grupo maior aparecesse e resolvesse se apropriar das provisões. Um garoto que tinha por volta de 13 anos e estava ajudando os companheiros a carregarem os pacotes se abaixou para pegar um e, ao se levantar, viu passar a seu lado o último caminhão do comboio. Parou e ficou olhando a frota se distanciar levantando uma poeira que anuviava a visão. A última imagem que ele viu do comboio era de fato os caminhões indo embora, mas haviam deixado uma ponta de esperança. O olhar do rapaz era de agradecimento.

O MAR FOI E VOLTOU

Depois de uma viagem bastante cansativa e tumultuada, o comboio finalmente chegou a Petit Paradis. Logo na chegada, Joslin pouco reconheceu naquele lugar as paisagens que ele lembrava. A vila de pescadores que antes era linda, com seus hotéis de luxo para receber turistas, com ruas limpas e o belo contraste entre o azul do mar, o branco da areia e o verde das matas e montanhas no entorno, estava irreconhecível para ele. O terremoto também havia tratado mal aquele lugar. Olhando aquilo tudo, Joslin sentiu um nó na garganta e um bolo no estômago. Por que o Haiti estava passando por tudo aquilo? Que mal o seu povo tinha feito para merecer tamanho castigo? Ele mesmo espantou esses pensamentos, lembrando que o Haiti era terra de gente forte, que havia conquistado a própria liberdade e que o fato de estar localizado numa região propensa a terremotos nada tinha a ver com castigo:

— E então, onde fica a casa do tio Jonas? — Era Edy perguntando. Joslin olhou em volta e tentou se localizar. De repente, enxergou um monte no qual ele costumava subir para brincar com outras crianças, quando vinha visitar o tio com sua mãe. A vila de pescadores do tio Jonas ficava bem abaixo, entre a base do morro e o mar:

— Para lá! — disse ele apontando na direção. Os rapazes então foram até o sargento Carvalho para se despedirem e agradecer por ele os ter deixado viajar junto com o comboio. O militar os recebeu com o habitual sorriso e lhes desejou boa sorte na empreitada:

— Tomara que encontrem o seu tio bem — disse ele num tom que Joslin identificou como de esperança e medo. Naquelas circunstâncias, encontrar um familiar com boa saúde era uma grande fortuna. Eles agradeceram e também desejaram boa sorte ao militar em seu trabalho ali. Quando estavam saindo, sargento Carvalho os chamou e lhes entregou um saco com suprimentos:

— Não é educado chegar na casa de alguém com as mãos vazias — disse enquanto piscava o olho. Joslin agradeceu e disse que um dia ainda iam se encontrar no Brasil.

Joslin e Edy caminharam por cerca de trinta minutos até chegarem no local onde ficava a vila em que morava tio Jonas. Viram de longe um grupo de pessoas que parecia estar trabalhando em um mutirão para colocar de pé as casas que tinham sido afetadas. Joslin olhou em volta e quase não acreditou quando viu que a casa de tio Jonas parecia não ter sofrido nada. "Quem sabe a sorte está mudando", pensou ele. Joslin e Edy se aproximaram de umas pessoas que estavam limpando o caminho e perguntaram se sabiam onde estava tio Jonas. Um homem mais velho os mediu de cima a baixo com o olhar e quando viu o saco de suprimentos ficou vidrado. Joslin repetiu a pergunta, já com medo da resposta, e o homem disse que tio Jonas estava mais a frente, junto com outros pescadores se organizando para tentarem conseguir alimento para todos. Joslin acenou com a cabeça em sinal de agradecimento e foi na direção indicada.

Quando distinguiu a cabeça branca do velho tio Jonas em meio aos outros pescadores, Joslin sentiu uma emoção forte. Um misto de alegria e alívio:

— Tio Jonas! — gritou, acenando com a mão que estava livre. O velho olhou na direção em que estavam chamando seu nome e num primeiro momento não reconheceu aqueles dois

ABALO

jovens que vinham rapidamente ao seu encontro. Espremeu os olhos na tentativa de ver melhor:

— Tio Jonas, sou o Joslin, filho da sua sobrinha Josline — nesse instante tio Jonas se deu conta de quem se tratava. O velho então deu um largo sorriso e andou rapidamente na direção do sobrinho:

— Joslin, *neve mwen*[8]! Que bom ver você bem e seguro! — Procurou por Josline em volta ou vindo um pouco atrás do filho e quando não a encontrou seu semblante assumiu um aspecto triste. Não era preciso que nada fosse dito. Ele já sabia que a sobrinha querida, que sempre ia visitá-lo e sempre era carinhosa com ele, havia sido uma das vítimas do terremoto.

Convidou os rapazes para irem até sua casa. Disse que não sabia como ela não tinha caído com toda aquela treme- deira do chão. Quando Joslin lhe mostrou as provisões que havia ganhado do sargento Carvalho, tio Jonas analisou a quantidade de coisas que havia e disse:

— Isso vai alimentar a aldeia por cinco dias. Já é um bom começo. Foi Deus que trouxe você aqui, meu sobrinho. Você e seu amigo — completou, se voltando carinhosamente para Edy, que ficou um pouco tímido naquele momento, mas contente por se sentir bem-vindo.

Naquela noite eles ficaram conversando até tarde. Os rapazes contaram para o velho pescador tudo o que tinham vivido desde o momento em que se despediram na porta da escola pouco antes do terremoto até o ponto em que chega- ram ali. Tio Jonas ouvia tudo atentamente, sentado em um banco com a cabeça baixa e o olhar alto. De vez em quando ele baixava os olhos e balançava a cabeça de cima para baixo como que afirmando que estava entendendo tudo. Quando eles acabaram de contar sua odisseia, o ancião os olhou fixamente e disse:

---

[8] **Meu sobrinho.**

— É, meus jovens. Vocês viveram mais nesses últimos dias do que muita gente vive em 50 anos. Eu fico contente que tenham chegado até aqui. Vamos refazer a vida do jeito que der. Agora vamos dormir, porque amanhã vocês começam a ajudar aqui na aldeia. A gente precisa colocar tudo no lugar para começar a fazer as coisas do jeito normal.

Joslin se deitou e demorou a pegar no sono. Ele estava contente por ter encontrado tio Jonas bem. Parecia que o velho tio o deixava mais próximo de Josline. Ele não estava completamente sozinho, afinal. Tinha aquele tio que o viu criança, que o levava de barco para pescar, que contava histórias do mar. Joslin não tinha certeza, mas achava até que foi tio Jonas que o ensinou a nadar. Ele lembrou dos preparativos que Josline fazia sempre que iam passar uns dias na casa do tio. Ela enchia sacolas de frutas e outras coisas que sabia que ele gostava, para agradá-lo. Enquanto estavam na casa dele, ela limpava e organizava tudo com muito carinho, pois dizia que um senhor naquela idade e sozinho não conseguia dar conta de tanta coisa. Lembrando disso tudo agora, Joslin chegou à conclusão de que era um certo excesso de zelo de Josline com o tio, pois ele era bastante forte e ativo. Pensando no carinho e cuidado da mãe, lhe veio um aperto no coração e ele não conteve as lágrimas. Chorou baixinho para que os outros na casa não ouvissem. Tanta lembrança lhe veio à mente... Depois de um tempo, um pouco aliviado, enxugou as lágrimas e falou em pensamento para Josline:

"Eu não cuidei de você, *manman*, mas vou cuidar do *tonton*"[9]. Virou para o lado e dormiu. Naquela noite ele não sonhou.

Quando acordou, já havia um sol forte lá fora. Tio Jonas e Edy já estavam de pé e conversavam, comendo banana e tomando café:

---

[9] **Tio.**

— *Bonjou, Dòmi*[10]! — disse Edy em tom de gracejo.

— *Bonjou* — respondeu Joslin de um jeito preguiçoso. Tio Jonas lhes disse então que havia conversado com os outros pescadores e que eles iam se preparar para irem pescar no dia seguinte:

— Hoje vamos terminar tudo o que pudermos na organização da aldeia e vamos preparar nossas redes e barcos. Amanhã vamos buscar peixe para nos alimentar.

Joslin e Edy se voluntariaram para ir junto, mas tio Jonas disse que naquele momento era melhor que eles ficassem em terra e ajudassem com o que fosse preciso. Disse ainda que eles teriam muito tempo para aprenderem a pescar.

Os rapazes ficaram meio contrariados, mas obedeceram ao tio. Quando acabaram de comer, os três saíram de casa e foram ver quais trabalhos poderiam fazer. No entanto, os moradores da aldeia já tinham feito tudo o que era possível ser feito para reorganizar o lugar. O que faltava era o que dependia da ajuda dos governantes e um comitê já tinha ido solicitar. Joslin então teve a ideia de levar Edy para conhecer o alto do morro em que ele brincava quando era criança.

Os dois subiram o morro rindo e conversando alegremente. Quem olhasse aquela cena isolada de todo o contexto, diria que se tratava de dois jovens despreocupados, aproveitando a manhã ensolarada para passearem um pouco e conversarem sobre temas que só eles entendiam. Joslin chamava Edy de "*parese*[11]", pois ele toda hora queria parar um pouco para descansar. Edy dizia que não era preguiça, mas que queria ir devagar para prestar mais atenção em toda aquela linda paisagem. Joslin então contava para Edy coisas como "aqui eu

---

[10] **Bom dia, dorminhoco.**
[11] **Preguiçoso.**

caí e tive que dar pontos no joelho, quando tinha sete anos; nessa árvore eu costumava me esconder quando a gente brincava de esconde-esconde. Essa pedra servia de mesa, quando a gente fingia que era o grupo que liderou a revolução do Haiti que estava em reunião para decidir as ações". E assim, em meio a risos, paradas, lembranças e galhofas, os dois chegaram no topo do morro. Quando olharam para o horizonte e viram o mar lá longe, Edy ficou embasbacado com tanta beleza. Joslin também ficou impactado:

— Nunca tinha reparado como é bonito — ele murmurou. Os dois passaram um tempo calados, um do lado do outro, contemplando aquilo tudo.

Eles viram aquele mar azul cristalino, a vegetação em volta. Como os moradores do vilarejo já tinham limpado boa parte dos escombros deixados pelo terremoto, nem isso tinha para macular tanta beleza. Tudo era paz. Se sentaram para poder descansar e olhar um pouco mais tudo aquilo:

— O que você acha que a vai acontecer com a gente, Joslin? — perguntou Edy.

Joslin não tinha ainda parado para pensar naquilo. O que ia acontecer, o que devia fazer. Ele balançou a cabeça e respondeu:

— Não sei. Por ora vamos ficar aqui com tio Jonas, ver como as coisas vão acontecer. Depois precisamos resolver que caminho tomar na vida. Precisamos voltar para a escola, quando der. Eu ainda quero fazer faculdade. Quero ser economista ou advogado.

Edy o olhou por um tempo e disse:

— Acho que não quero voltar para a escola. Já não gostava muito de lá mesmo e só estudava porque isso fazia minha *grann*[12] feliz. Agora que ela não está mais aqui, eu não preciso

---

[12] **Avó.**

ABALO

estudar e posso começar a trabalhar em alguma coisa que me dê dinheiro. Talvez vá para a República Dominicana, pois lá é melhor do que aqui.

"De novo essa história de que sair do Haiti é a melhor coisa a se fazer", pensou Jonas. Ele não concordava com o amigo, mas naquele momento não queria discutir esse assunto.

Em determinado momento, Edy olhou ao redor como quem fareja e disse:

— Está sentido isso?

— Isso o quê? — perguntou Joslin.

— Não sei, mas parece que o ar está parado. Nada se mexe, como se o mundo estivesse suspenso.

Joslin riu e achou que fosse mais uma das brincadeiras de Edy. Mas quando olhou para a frente, mal pôde acreditar no que viu. O mar ia se afastando da praia de forma rápida e, de fato, parecia que tudo estava meio parado, menos a água que ficava cada vez mais distante. Em um certo ponto, a água também parou de se afastar e começou a fazer uns movimentos como se estivesse se misturando e juntando forças. Como um exército que acampa em um lugar estratégico para reunir seus soldados e atacar. Os dois amigos olhavam tudo aquilo com espanto e um certo medo. Joslin tinha a impressão de que já tinha lido algo sobre um comportamento do mar semelhante ao que estavam assistindo, mas não conseguia se lembrar claramente o que era. Olharam em direção da aldeia e viram as pessoas correndo para o morro. Pareciam formigas, dali de onde eles estavam. Joslin teve a impressão de que elas estavam meio desesperadas. E de repente, um estalo em sua mente o fez lembrar do que tinha lido: *tsunami*. Essa palavra ficou ecoando em sua cabeça e suas pernas começaram a tremer. Olhou de novo para o mar e dessa vez ele vinha em direção da aldeia de forma rápida. Um paredão enorme de água se formou. A impressão que Joslin tinha era que o mar queria encontrar com o céu e levar junto consigo tudo o que estava na sua frente. Quando alcançou a praia, aquela onda gigante carregou barcos, árvores casas...

Joslin não conseguia ver, dali do alto do morro, se havia pessoas na reta da água. Queria sair correndo, mas não tinha forças. Edy parecia estar na mesma situação, olhando hipnotizado para aquele quadro vivo e murmurando palavras que Joslin não conseguia entender ou identificar. Os dois ficaram ali, vendo aquele espetáculo impressionante e apavorante. Suas mentes também estavam em suspenso. Não conseguiam entender muito bem o que estava se passando. Nem se deram conta do risco que corriam, parados ali. E se aquela onda chegasse até eles? Não chegou. Antes de subir o morro, o mar resolveu voltar para seus limites. Voltou deixando um rastro de destruição. Mais um. Troncos, árvores, escombros. Tudo o que os moradores do lugar tinham conseguido limpar e organizar, estava perdido de novo. Dessa vez a casa do tio Jonas também tinha sido levada.

— Tio Jonas! — falou Joslin num susto. Olhou para Edy e disse que tinham que ir ver como ele estava. Desceram o morro correndo e no caminho foram encontrando pessoas que tinham ido buscar proteção lá também. Perguntavam para um e para outro se sabiam onde estava tio Jonas, mas ninguém o tinha visto. A angústia de Joslin era imensa e Edy também estava angustiado pelo amigo e mesmo pelo velho tio que ele acabara de conhecer, mas que havia sido muito gentil com ele. A vila estava destruída. Tudo remexido, muito lixo. As outras pessoas também começavam a voltar para lá, depois que viram que o mar parecia estar satisfeito com o que tinha feito e não ia novamente se afastar para pegar impulso e atacar novamente.

ABALO

Mais uma vez os amigos viam pessoas desnorteadas, chamando os nomes de entes queridos e tentando andar de forma claudicante em meio a todo aquele caos. Quando encontravam o objeto de suas buscas se abraçavam de maneira desesperada e choravam. Uma mulher passou por eles procurando de forma aflita seu filho. Guipson era o nome da criança e a mãe gritava seu nome com uma força na voz e na forma com que removia tudo o que estava na sua frente que contrastava com seu corpo frágil. De repente, ouviram uma voz fraca vindo na direção oposta:

— Manmi! — Era Guipson, que estava brincando na hora em que o *tsunami* começou e fugiu para se salvar junto com outras crianças. A mulher correu em direção ao filho e, quando chegou nele, se ajoelhou, abraçando-o e chorando compulsivamente. Joslin e Edy, que presenciaram tudo, choraram também.

Ainda com essa emoção à flor da pele, os dois continuaram a procurar pelo tio Jonas. Foram até o local em que ele estaria com os outros pescadores, preparando os barcos e as redes para o dia seguinte. Um homem de meia-idade — que Joslin reconheceu como colega de trabalho de seu tio — estava por ali. Ao que parecia, ele estava tentando dimensionar as perdas. Joslin se aproximou e perguntou se o pescador sabia onde estava tio Jonas. Ele o olhou de forma grave e disse que estavam todos ali, organizando as coisas para a pescaria do dia seguinte. Era um grupo de doze pessoas e eles estavam decidindo quantos barcos sairiam, quem iria em qual e outros detalhes. De repente, tio Jonas olhou para o mar e viu que alguma coisa estava estranha. Todos olharam também e num primeiro momento ficaram paralisados, sem entender. Quando aquela parede de água se formou e veio em direção da areia, eles começaram a correr para se salvar.

O homem disse que, na fuga, um tentava ajudar o outro, pois alguns dos pescadores eram mais velhos e já não tinham tanta força nas pernas para correr. Ele estava ajudando um senhor que já ia quase desistindo e teria ficado ali se ele não o tivesse carregado nas costas. Não viu o que aconteceu com tio Jonas, mas disse que quando o mar voltou para seu lugar, as pessoas contaram que ele tinha levado consigo quatro aldeões. Ao ouvir isso, o coração de Joslin disparou. Não era possível que ele ia perder mais um membro de sua família. Ele e Edy continuaram a procurar tio Jonas pela aldeia, na mata, pois ele podia ter entrado lá e se perdido. Ou caído e quebrado uma perna, como tinha acontecido com o Sr. Josapha, zelador da escola. Foram três dias de buscas contínuas. Até que Joslin e Edy perderam as esperanças. O mar foi e voltou. E levou tio Jonas com ele.

OUTRO ACAMPAMENTO

Joslin estava mais uma vez perdido e não sabia para onde ir. Mais uma vez quando olhava ao redor só via tristeza e desolação. Parecia que a vida dele ia ser assim agora: uns instantes de calmaria que antecedem grandes tempestades. Não tinha por que ficar ali em Petit Paradis, uma vez que os únicos laços que o uniam à vila de pescadores eram as lembranças da infância e o tio Jonas, que já não estava mais. Por outro lado, voltar para Porto Príncipe também não era uma ideia que o agradava muito, já que a cidade fora destruída, sua casa não existia mais, nem sua escola, nem sua mãe estava lá, nem seus amigos, nem Ylet. Pensando nisso tudo ele mais uma vez se deu conta do quão sem rumo e sem referências estava naquele momento.

Edy tinha ido andar pelas redondezas para fazer o que ele fazia de melhor: buscar informações. Voltou dizendo que os telefones pararam de funcionar, que as pessoas ainda estavam tentando encontrar no meio dos escombros pertences, documentos e tudo o que pudesse ser recuperado. Ele estava revoltado, pois ficou sabendo que um pastor dos Estados Unidos havia dito em um programa de televisão que o motivo pelo qual o Haiti estava passando por aquilo tudo era por ser um povo amaldiçoado. O pastor afirmava que o motivo dessa maldição era o fato de terem feito um pacto com o diabo para conseguirem se libertar da França. O pastor falou que "quando estava sob o domínio francês de Napoleão III ou qualquer coisa assim, o povo haitiano se juntou e fez um pacto com o diabo, prometendo servi-lo caso fossem libertados. O diabo os atendeu e desde então os haitianos estão amaldiçoados, vivendo tragédias em série".

Joslin também ficou bastante revoltado com tamanha estupidez e preconceito, mas tinha assuntos mais importantes nos quais pensar. Ele se orgulhava de seu país e dos antepassados que o libertaram. Não seria um pastor estrangeiro que nunca havia pisado no Haiti que iria mudar isso.

Ele agora queria encontrar meios de sobreviver e, quem sabe, ajudar a reconstruir as coisas. Só não sabia por onde começar. Lembrou que sua mãe tinha dinheiro guardado no banco e, por sorte, ela sempre exigia que ele carregasse consigo seu documento e uma cópia do cartão de banco, não importava aonde fosse. Quem sabe ele não conseguiria resgatar algum dinheiro? Lembrar disso lhe deu um raio de esperança, mas ainda não resolvia a sua grande questão: o que fazer e aonde ir? Edy então teve uma ideia:

— Por que não procuramos o sargento Carvalho? Talvez ele possa nos dar alguma orientação.

Joslin concordou com o amigo e os dois decidiram que no dia seguinte iam procurar saber onde o sargento Carvalho estava. Naquela noite eles dormiriam mais uma vez na cabana que improvisaram com coisas que encontraram pelas ruas.

Na manhã seguinte Joslin e Edy saíram logo cedo para falar com Pierre, um senhor que era como um líder da comunidade de pescadores. Eles tinham a esperança de que Pierre soubesse lhes dizer onde poderiam encontrar o sargento Carvalho. E eles não estavam completamente enganados. Pierre não sabia especificamente a localização do sargento Carvalho, mas lhes disse que havia um acampamento que estava sendo apoiado por militares estrangeiros perto do que antes era um dos hotéis mais procurados por turistas na região. Os rapazes agradeceram e se dirigiram para lá.

ABALO

Eles esperavam encontrar um acampamento parecido com aquele no qual passaram alguns dias em Porto Príncipe. Quando chegaram ao local, no entanto, se assustaram quando viram que este de Petit Paradis tinha muito menos estrutura e organização do que aquele que eles conheceram. Logo que chegaram viram um soldado que eles tinham impressão de já conhecer. Edy foi até ele com seu habitual sorriso largo e disse:

— *Bonjou frè mwen*[13]. O sargento Carvalho está aqui? — O soldado tentou manter a postura séria, mas não resistiu ao sorriso de Edy. Retribuiu o cumprimento com uma amabilidade tímida e lhe disse que o sargento Carvalho estava na tenda central. Apontou o caminho que Edy e Joslin tomaram imediatamente.

Chegando na tenda encontraram o sargento Carvalho bastante ocupado. Ele estava sentado em uma mesa improvisada, examinando alguns documentos. Quando viu os rapazes, se levantou e caminhou na direção deles com os braços abertos:

— Meus amigos! Que bom ver vocês! Depois do tsunami fiquei muito preocupado e querendo ter notícias suas. Até pensei em ir procurá-los, mas não sabia ao certo aonde ir e, como vocês podem ver, o trabalho aqui é muito intenso e não me permite sair. Venham, sentem aqui comigo e me digam como estão e como correram as coisas para vocês.

Joslin então começou a contar o que aconteceu com os dois depois que se despediram. Falou sobre a alegria de encontrar tio Jonas, da organização da vila dos pescadores, de como foi viver aquele momento do *tsunami* e da perda do tio. O sargento Carvalho ouvia muito atento e com um ar sério. Quando Joslin acabou de narrar tudo, o sargento lhes fitou com muita intensidade. Pensava que não era justo dois

---

[13] **Bom dia, meu irmão.**

jovens terem vivido tantas tragédias em tão pouco tempo. Imaginava de onde eles tiravam forças para continuar. E então perguntou:

— E agora, o que pretendem fazer? Pelo que entendi, vocês estão sem familiares, isso é certo? — Antes mesmo que Joslin pudesse responder, Edy se adiantou:

— Nós agora somos a família um do outro. Não vamos nos separar.

Ouvindo essas palavras e observando a atitude resoluta do jovem, o militar esboçou um sorriso. Ele admirava esse senso de amizade e lealdade. Foi então a vez de Joslin falar:

— Não sabemos o que fazer e nem para onde ir. Não tem por que a gente continuar aqui em Petit Paradis, mas também voltar para Porto Príncipe pode não ser a melhor ideia. Eu penso em voltar a estudar, quero entrar na universidade. Edy quer conseguir um emprego. O Haiti hoje está muito confuso. Tão confuso quanto a minha cabeça.

O sargento então lhes sugeriu que ficassem ali no acampamento por uns tempos. Ali eles poderiam ajudar com a organização, alguns atendimentos e a segurança. Segundo ele, em Petit Paradis também havia o risco de saques e muita instabilidade. Pediu para eles darem um passeio pelo local para se familiarizarem com a área, conhecerem onde ficavam a barraca hospital, o refeitório e tudo o mais. Naquela noite eles iam dormir, mas na seguinte já iam montar guarda.

E assim fizeram os rapazes. Começaram a caminhar e a observar a dinâmica do acampamento. Viram que na tenda hospital ainda havia muitas vítimas do terremoto e a elas se juntavam as vítimas do *tsunami*. As pessoas tinham o mesmo olhar perdido que eles viram nas pessoas que encontraram em Porto Príncipe. Algumas barracas eram divididas por até três famílias que se apertavam no pequeno espaço. Viram que uma jovem estava discutindo com quem parecia ser seu pai. Ela estava descontente por ter que viver dentro de uma barraca com desconhecidos e chorava. O suposto pai lhe dizia que também não era a vida que ele queria estar vivendo, mas eles deviam agradecer, pois tinham um teto sobre suas cabeças. Ele sabia de casos de pessoas que estavam dormindo ao relento, debaixo de chuva e de sol, pois perderam suas casas e o governo não tinha mais tendas para lhes fornecer.

Edy comentou com Joslin que o senhor falou a verdade para a moça. Disse que ele ficou sabendo que em Porto Príncipe começou uma revolta justamente por falta de abrigo para as pessoas. Algumas, mais sortudas, conseguiram se instalar em prédios governamentais que foram adaptados para acolhê-las. Outras conseguiram lugar em barracas nos acampamentos. Só que a quantidade de gente necessitada crescia a cada dia. Já não havia mais barracas nem lonas para improvisá-las. O governo haitiano recorreu aos países vizinhos, mas ainda não havia recebido a ajuda prometida. As pessoas estavam com fome, com sede, com medo, adoecendo e tendo que dormir ao relento.

— Tudo muito triste — concluiu Edy.

Quando deu a hora marcada, foram até a barraca refeitório para comerem alguma coisa. Naquela noite foi servida uma sopa de legumes, o que era considerado um luxo naquelas condições. Embora não estivesse deliciosa, também não era a pior que já tinham comido. O sargento Carvalho os encontrou em seguida e lhes indicou onde passariam a dormir. Eles ficariam em uma tenda destinada aos voluntários que ajudavam na manutenção e segurança do acampamento. Apesar de dividirem o espaço com mais cinco voluntários, eles não ficaram tão apertados quanto outras pessoas que viram pelo acampamento.

— E pelo menos temos um teto sobre nossas cabeças — disse Edy, em referência ao que tinham ouvido mais cedo.

Joslin estava exausto. Não só daquele dia, mas de tudo o que vinha vivendo nos últimos tempos. O cansaço lhe doía no corpo todo. Ao se deitar, vinha em sua cabeça as imagens da mãe, de Ylet, do senhor Josapha sem uma das pernas, do tio Jonas, do seu pai. Era como se todas as pessoas que ele havia perdido estivessem ali, revezando espaço em seus pensamentos. Apesar da melancolia de saber que aqueles eram rostos que ele nunca mais ia ver fora de suas lembranças, o fato de estar ali naquele acampamento, sob a proteção do sargento Carvalho e com o amigo Edy roncando do lado, era um alento. Ele se sentia protegido de certa maneira e parecia que uma ponta de esperança no futuro estava brotando em seu peito.

DECISÃO NÃO TÃO FÁCIL

Quando acordaram no dia seguinte, os rapazes começaram a andar pelo acampamento e a conversar com as pessoas ali. Nessas conversas eles ficaram sabendo que era esperada a qualquer momento a chegada de comida doada pelo Brasil e dos Médicos sem Fronteiras, para ajudar a tratar as pessoas feridas e doentes.

— O Brasil deve ser um lugar muito interessante né, Edy? — falou Joslin. E continuou:

— Até agora eu sabia muito pouco sobre ele. Só sabia uma ou outra coisa que aprendi na escola e depois o que o sargento Carvalho contou para a gente. Mas parece ser um lugar bom, com pessoas boas.

Edy pensou um pouco e respondeu:

— É. Pode ser que sim. Mas é muito diferente daqui, né? Lá eles falam português.

— Isso se aprende — respondeu Joslin.

A conversa foi interrompida pela chegada do sargento Carvalho, que lhes deu bom dia e foi com eles até o local para tomarem café da manhã.

— Sargento Carvalho, estava pensando sobre o Brasil. Parece ser um bom lugar de se viver — disse Joslin.

— Meu país, como qualquer outro, tem muitos problemas. Mas eu não trocaria lá por nenhum dos outros países que eu já conheci — respondeu o militar.

— E o português, é muito difícil?

— Na verdade, português e francês têm a mesma raiz latina e por isso algumas palavras são bem parecidas.

— Acho que eu gostaria de aprender português — disse Joslin, em um tom que parecia mais uma reflexão íntima do que uma fala para os interlocutores.

— Ah, é mesmo? Então vou mandar montar guarda com você à noite o cabo Dias. Ele gosta muito de ler e pode te ajudar a começar a aprender o português.

Joslin ficou muito empolgado com a possibilidade de ter essas aulas particulares.

— Só você mesmo para arrumar um jeito de ter aula em meio a tudo isso que estamos vivendo! — disse Edy. — Não consigo entender como você pode gostar tanto assim de estudar.

Joslin nem respondeu ao amigo. Simplesmente sorriu. A esperança em dias melhores que tinha brotado em seu peito estava crescendo.

Naquela noite, ao chegarem no ponto de encontro para iniciarem seu turno na vigilância, o cabo Dias já estava à espera dos dois. Ele era um homem bastante alto e magro, com um porte físico diferente do que tinha o sargento Carvalho. Cabo Dias lhes deu boa noite com certa formalidade, sem sorrir. Isso fez com que Joslin pensasse que talvez as aulas de português não fossem ser tão empolgantes quanto ele tinha imaginado. Mas foi cabo Dias que abordou o assunto:

— Fui informado pelo sargento que o senhor quer aprender português. Ele me comandou que lhe ensinasse, pelo menos as primeiras palavras. Quero dizer que fico muito contente em poder ajudar, mas não sou professor de formação. Então vou fazer o melhor que posso para cumprir essa missão.

— Eu lhe agradeço muito por isso — respondeu Joslin. — Como faremos?

ABALO

— Eu organizei um cronograma de estudos. Então, toda noite, quando começarmos nosso turno de vigília, a primeira coisa que faremos será a ronda. Em seguida teremos uma hora de aula e depois faremos a próxima ronda. No começo, durante as rondas você poderá até tirar algumas dúvidas em francês ou em *créole*[14], mas conforme as aulas forem evoluindo, só falaremos em português. Você também terá exercícios para fazer e peço que não os negligencie, para não prejudicar o funcionamento.

— Está bem. E começamos amanhã?"

— Começamos hoje. Vamos só fazer a ronda e já teremos nossa primeira aula.

Edy, que tinha ouvido toda a conversa, percebendo a surpresa do amigo e o empenho do professor, não pôde conter o riso.

— O senhor também irá participar das aulas? — perguntou para ele o cabo Dias a Edy.

— Ah, não. Eu vou ser mais um observador — respondeu Edy, tentando disfarçar seu divertimento.

E assim os dias se passaram. Os rapazes acordavam e faziam as tarefas das quais eram incumbidos no acampamento. Joslin reservou um tempo diariamente para fazer os exercícios de português que cabo Dias lhe passava e estava orgulhoso da sua evolução. Ele já se arriscava a falar algumas frases com os outros brasileiros que encontrava. E ficava contente porque todos eles tentavam ajudar seu aprendizado de alguma maneira, corrigindo sua pronúncia, falando devagar e lhe explicando uma ou outra particularidade do idioma. Enquanto isso Edy até tinha aprendido um pouco. Sabia falar frases como "bom dia", "obrigado", entre outras coisas bem

---

[14] **Língua natural falada por quase toda a população haitiana. Em português: crioulo.**

básicas. Mas o que ele mais gostava de fazer quando o amigo estava estudando era caminhar pelo acampamento e fora dele, falar com as pessoas para se inteirar das novidades e das últimas notícias.

Joslin aproveitava o tempo de estudo tanto para estudar o português em si quanto para refletir sobre a vida e seu futuro. Ele observou que, à medida que o tempo passava, as pessoas pareciam se adaptar a vida no acampamento. Já se podia distinguir algumas organizações do cotidiano se manifestando ali. A impressão que dava era que a vida no acampamento deixava de ser uma condição momentânea causada por uma situação inesperada e começava a assumir ares de permanência, de algo definitivo. Por mais que as pessoas falassem que queriam suas vidas de volta, que sentiam falta de suas casas, que precisavam sair dali, na prática elas pareciam estar se conformando com aquele estilo de vida. Não era isso que Joslin queria para seu futuro.

Um dia Edy voltou de uma de suas andanças bastante abatido. Contou para Joslin que a situação estava bem desanimadora. Que o governo estava fazendo de tudo para reconstruir o país, que estava recebendo ajuda da ONU, dos países vizinhos e outros organismos internacionais, mas que o estrago tinha sido muito grande. Faltava o básico, faltava emprego, faltava estrutura, faltava tudo. E como se não bastasse, os soldados da Minustah que vieram de um acampamento em Annapurna, no Nepal, infectaram a população de Artibonite[15] com cólera.

— Parece que eles fizeram alguma bobagem com fossas sépticas e jogaram a doença no rio. O povo está falando que morreram mais de mil e cem pessoas e tem muito mais — quase vinte mil — doentes — contou Edy em um tom grave.

---

[15] **Área rural que fica a cerca de cem quilômetros de Porto Príncipe.**

ABALO

Disse ainda que pelo jeito eles iam ter que ficar muito mais tempo acampados.

Joslin se angustiou ouvindo isso. Ele se sentia impotente para ajudar seu país, por mais que o cabo Dias lhe dissesse que o que ele fazia no acampamento já era uma grande ajuda. Por outro lado, ele também queria ter um futuro melhor. Estudar, se formar, quem sabe um dia encontrar alguém para se casar. E naquelas condições esses desejos pareciam cada vez mais difíceis de serem realizados. Ele tinha que pensar em alguma coisa. E tomar uma atitude.

Naquela noite ele foi para a ronda desanimado e com nenhuma vontade de estudar português. Sentia-se meio que sem energia. Por sorte o cabo Dias tinha uma surpresa para a aula: ele levou um *discman* com o qual mostrou para Joslin um cantor que o rapaz adorou: Caetano Veloso. Joslin ficou deslumbrado com a voz e o ritmo daquele cantor que, Dias lhe revelou, era da Bahia. Ele conhecia essa parte do Brasil pelas histórias que sargento Carvalho havia contado lá no acampamento de Porto Príncipe. Até Edy, que não se interessava pelas aulas de português, se fascinou por aquela música. Entre as músicas que ouviram, a preferida de Joslin era *Terra*. A de Edy era *A luz de Tieta*. Cabo Dias lhes contou então que essa música era inspirada no personagem de um livro escrito por outro baiano, Jorge Amado. Ele disse que o livro se chamava Tieta do Agreste. Edy ficou encantado. E nas noites seguintes o cabo Dias levou outros CDs para eles conhecerem e para Joslin treinar seu ouvido para o português, tentando entender as letras das músicas. Assim, Joslin e Edy conheceram Gilberto Gil, Maria Betânia, Milton Nascimento, 14 Bis, Zeca Baleiro e Zeca Pagodinho, Marisa Monte, Paralamas do Sucesso e vários outros. Cada vez mais o Brasil figurava no imaginário de Joslin. Edy gostava das músicas.

Em uma manhã o sargento Carvalho trouxe más notícias: ele havia sido transferido para outra missão e deixaria o acampamento na semana seguinte. Joslin ficou muito perturbado com isso, pois boa parte de ele se sentir bem e seguro naquele lugar era devido à presença do amigo. Mais uma vez se sentia sozinho, perdido e sem rumo. Então, Edy lhe contou que várias pessoas estavam saindo do Haiti para irem morar no Brasil. Disse que não era uma viagem fácil, já que eles teriam que passar pelo Equador, pelo Peru e pela Bolívia, antes de chegar ao Brasil. Que eles entravam no país por uma cidade chamada Brasileia, sobre a qual ele não conseguiu muitas informações, mas que ia procurar saber mais.

— E quanto dinheiro a gente precisa para viajar? — perguntou Joslin.

— Cada um fala uma coisa. Mas tem umas pessoas que ajudam quem quer ir. Além disso, a gente precisa se preocupar em chegar lá. Depois que a gente entrar no país vai ser fácil conseguir trabalho, porque a Copa do Mundo de 2014 vai ser lá e eles precisam de muita mão de obra. Como você fala o português, a gente ainda tem mais vantagem.

Joslin ficou muito pensativo sobre aquilo tudo que Edy falou. Durante o turno daquela noite ele não conseguiu prestar muita atenção na aula e perguntou para Cabo Dias como era a cidade de Brasileia. Este lhe respondeu que ficava no estado do Acre, no norte do Brasil, mas que ele não conhecia e por isso não podia dar mais informações.

Depois da ronda, quando voltou para sua barraca, Joslin não conseguia dormir. Várias imagens de sua vida lhe vinham na cabeça. Edy roncava enquanto Joslin pensava em seus ancestrais que libertaram o Haiti. Se ele fosse embora, estaria traindo a memória deles? Ele sempre achou errado quem acreditava que para ter uma vida melhor deveria morar

ABALO

em outro país. E agora ia fazer a mesma coisa? Josline estava enterrada ali. Ele ainda não sabia onde, mas tinha esperança de que quando as coisas melhorassem, iria descobrir e ia poder homenageá-la. E visitar seu túmulo no Dia dos Mortos, assim como visitava o túmulo de Chovel. Toda a vida dele estava ali.

Por outro lado, as esperanças de conseguir coisas boas no Haiti quase não existia. A cada dia eles tinham notícias de crises, fome, conflitos. As pessoas continuavam a morrer por vários motivos. Os políticos prometiam ajudar, mas não faziam nada. E ainda tinha gente que desviava o dinheiro que vinha de fora para acudir o povo. Com esses pensamentos rondando sua mente, Joslin adormeceu e novamente sonhou com Josline e Chovel em uma linda praia. Como no outro sonho, seu pai e sua mãe sorriam para ele. Mas dessa vez, eles estavam parados, um do lado do outro sorrindo para Joslin e acenando tchau. Eles estavam tranquilos. Joslin também acordou tranquilo. Esperou o amanhecer e Edy acordar:

— *Frè mwen*, vamos para o Brasil!

UMA LONGA VIAGEM

Os preparativos para a viagem foram mais complicados do que Joslin e Edy imaginaram que seriam. Para começar, eles precisavam de um visto de entrada no Brasil e consegui-lo no Haiti estava muito difícil e caro. Edy descobriu que, apesar de a presidente brasileira (ele achou extraordinário o Brasil ter uma presidente mulher) ter concedido um visto especial e permanente para os haitianos, que tinha o nome de visto humanitário, no Haiti estavam entregando somente cem vistos por mês. Uma opção para ter agilidade era pagar uma "taxa extra". Muitas pessoas cansadas de esperar ou porque não tinham como conseguir os documentos que precisavam ter para obter esse visto humanitário – muitas vezes porque esses documentos tinham sido perdidos no terremoto – recorriam aos coiotes. Edy contou que algumas famílias se juntavam para pagar a viagem de um único membro. Normalmente eles escolhiam aquele que, eles acreditavam, teria mais chances de conseguir um bom trabalho e mandaria dinheiro para ajudar todos os que ficaram.

Joslin viu que o dinheiro que tinha no banco, deixado por Josline, era suficiente para a viagem deles dois e ainda sobraria para se manterem no Brasil por uns tempos. Edy, que sempre tinha alguma surpresa para revelar, também tinha algum dinheiro, então a situação dos amigos não era tão crítica quanto a de muitos outros haitianos.

— E você ainda fala o português, meu irmão — dizia Edy com orgulho.

— *Vai ser tudo bom para nós lá em Brasil* — arriscava dizer no português que conseguiu apender observando as

ABALO

aulas do cabo Dias. Joslin ficava contente de ver a animação do amigo. Mas ele tinha alguns receios. Eles teriam que ir de barco até o Peru, pois lá conseguiram assento em um ônibus que partiria para o Brasil em uma semana. O preço das passagens foi alto, mas eles não tinham outra opção.

Antes de partirem eles foram se despedir do cabo Dias. Dizer adeus ao sargento Carvalho, quando este deixou o Haiti, já tinha sido difícil. Mas Joslin não imaginou que seria tão triste a conversa de despedida com o cabo Dias. "Deve ser o vínculo que muita gente diz que existe entre professor e aluno", pensou Joslin. O cabo Dias lhes recomendou bastante cuidado na viagem, que eles não confiassem em estranhos e que, quando chegassem ao Brasil, procurassem alguma instituição oficial que pudesse lhes ajudar. De repente o militar tirou o discman do seu bolso e entregou para Joslin:

— O CD do Caetano está aí dentro. Para vocês ouvirem durante a viagem. — Joslin teve a impressão de ter percebido um certo embargo na voz do professor que virou amigo. Ele lhe deu um forte abraço e virou as costas, antes que chorasse. Nem viu como foi a despedida de Edy.

Chegaram de barco no Peru e se encaminharam para o local marcado de onde sairia o ônibus. Não foi muito difícil achar onde era, porque muitos outros haitianos estavam fazendo o mesmo percurso. Chegando lá, ficaram sabendo que haveria um atraso na partida e que eles teriam que esperar pelo menos mais uma semana para viajar. Um misto de frustração e revolta lhes invadiu, mas não havia muito o que fazer. E a situação ficava ainda mais complicada, porque eles não tinham onde se instalar para passar aqueles dias. Hotéis e pensões eram muito caros. Algumas pessoas alugavam quartos em suas próprias casas com preços menos abusivos, mas estavam todos lotados.

E Edy ouviu em algum lugar que em muitas dessas casas os donos roubavam os pertences dos hóspedes.

Quando a situação estava ficando insustentável, lhes chegou a notícia de que ali perto de onde eles estavam havia uma paróquia da igreja católica que estava albergando os haitianos que não tinham para onde ir. Imediatamente Joslin, Edy e outras quase cinquenta pessoas que estavam na mesma situação foram para a tal paróquia. Chegando lá, encontraram mais de duzentos outros haitianos que tinham chegado nos dias anteriores e que também tiveram seus ônibus atrasados. Apesar do susto que levaram ao ver tanta gente, foi bom terem um lugar para tomar banho, comer algo e dormir com um teto sobre a cabeça. Desde o terremoto e o curto tempo que passaram com tio Jonas, eles não sabiam o que era dormir sem ser em uma barraca.

A espera durou mais que uma semana e os dois amigos não tinham a quem recorrer para tentarem entender o que estava acontecendo. Joslin já desconfiava que eles tinham caído em um golpe. A chegada de um homem totalmente debilitado e ferido à paróquia confirmou sua suspeita. O nome do homem era Xavier e ele foi encontrado desmaiado na porta da igreja numa manhã, quando algumas pessoas estavam indo para a missa. O padre mandou levarem o desfalecido para a pequena enfermaria que havia na casa paroquial e lhe ministraram os primeiros socorros. Edy imediatamente foi tentar descobrir mais sobre o estranho, mas naquele primeiro momento tudo o que ouviu foram especulações.

Com o passar dos dias Xavier foi se recuperando e quando recobrou as forças contou que ele era engenheiro de formação e por isso sua família resolveu se juntar para pagar sua viagem para o Brasil. Eles combinaram que metade do dinheiro que ele recebesse trabalhando no Brasil, iria usar para se manter e a outra metade mandaria para o Haiti. Ele planejava guardar uma parte do que lhe cabia para comprar passagens para sua esposa e seus dois filhos irem se juntar a ele o mais rápido possível. Como obter o visto no Haiti estava muito demorado e burocrático, eles pagaram mais de cinco mil dólares para os coiotes o levarem até o destino desejado. No caso, ele entraria no Brasil por uma cidade chamada Boa Vista. As coisas já começaram a ficar estranhas quando ele e mais cerca de trinta pessoas chegaram para embarcar no ônibus. Os coiotes lhes disseram para entregar suas bagagens, pois elas tinham que ir em uma caminhonete para não levantar suspeitas dos guardas das fronteiras. E que eles iriam recebê-las de volta em Boa Vista. Disse que quando uma mulher ponderou que seriam vários dias de viagem e que eles precisariam trocar de roupa e pegar coisas que estavam nas bolsas, um dos coiotes respondeu de forma ríspida que tinha que ser desse jeito, senão eles não viajariam.

Entraram no ônibus e descobriram que havia mais passageiros do que assentos. Naturalmente eles reclamaram, e a resposta que tiveram foi que era para alguns viajarem em pé e irem revezando conforme fossem cansando. Ele, Xavier, já ia elevar a voz para dizer que tinha pagado caro para viajar desse jeito, quando um outro passageiro lhe segurou o braço e indicou com o olhar a cintura do coiote que estava do lado de fora. Ele tinha uma arma. Ao ver aquilo, Xavier se assustou e voltou para seu lugar. Ao partirem naquele ônibus, os passageiros não sabiam que um grande pesadelo estava só começando.

O ônibus ia na frente e a caminhonete com os pertences dos passageiros ia atrás. Estava muito calor, crianças choravam por sede e porque algumas vezes o balanço na estrada era tão forte que as pessoas eram ejetadas de seus assentos. Um homem não aguentou o cansaço de ficar em pé e se sentou no meio do corredor. Outros o acompanharam e isso fez com que ninguém tivesse coragem de se levantar para ir até o banheiro. Era noite e eles não conseguiam ver o caminho que estavam fazendo. Mas sabiam que não estavam em estradas principais.

De madrugada, todos estavam exaustos e muitos adormeceram. Ele, Xavier, não conseguia dormir e ficava tentando descobrir onde estavam. De repente uma outra caminhonete passou muito rápido por eles. Xavier estranhou isso, pois não fazia sentido um carro ir com tanta velocidade em uma estrada tão ruim quanto aquela. Ficou com aquilo na cabeça, mas seus pensamentos foram interrompidos com uma brusca parada do ônibus. O motorista disse que havia alguma coisa errada e que ia descer para averiguar. Inspecionou o ônibus sob a luz de uma lanterna. Lá fora era tudo um profundo breu.

O motorista voltou para o ônibus e disse que estavam com um defeito mecânico e que todos teriam que descer para ele poder consertar. Para os passageiros, apesar daquele lugar inóspito em que estavam, sair do interior do ônibus era um alívio. Podiam esticar as pernas e respirar ar fresco. Quando já estavam todos do lado de fora, umas luzes muito fortes se acenderam na frente e atrás deles. Xavier viu que um par dessas luzes vinha dos faróis da caminhonete com as malas e o outro par era daquela que havia passado por eles momentos antes. Confusas, as pessoas ficavam olhando de um lado para outro, tentando entender o que estava acontecendo. Quando vários homens armados desceram dos carros e vieram em sua direção, o grupo se apavorou e começou a tentar fugir dentro do mato. Xavier ouviu tiros e algumas frases soltas:

— Não deixem escapar ninguém! Eles foram por ali! Pega!

Essas frases ele identificou como sendo ditas pelos homens armados. Mas ouviu também gritos desesperados:

— Socorro! Por favor, não! — precedidos por tiros.

Apavorado, Xavier correu desesperadamente e nem sentia o mato arranhando seus braços e rosto. Tudo o que ele pensava era em ficar cada vez mais distante daqueles homens armados. De repente, tudo ficou em silêncio. Ele parou e tentou ouvir em volta, mas tudo o que escutava era sua respiração ofegante e seu coração disparado. Continuou em alerta por um tempo para perceber se alguém se aproximava dele. Mas a sua volta só tinha um silêncio ensurdecedor. Sua respiração começava a se estabilizar, mas ele estava exausto, com sede e machucado. Desmaiou.

Xavier acordou com uns raios de sol que passavam pelas árvores e chegavam até seu rosto. Olhou em volta e se lembrou de tudo o que tinha acontecido. Não sabe dizer quanto tempo ficou desmaiado, mas sabia que não podia continuar ali, porque corria o risco de os coiotes estarem procurando por ele. Juntou forças para se levantar e andar na direção oposta da estrada. Vagou pela floresta por alguns dias, se alimentando de frutas e bebendo água da chuva que, por sorte, caiu o tempo em que ele estava ali. Quando avistou a torre da igreja, num primeiro momento ficou aliviado, mas depois teve medo de que os coiotes estivessem por perto. Então, ficou algum tempo escondido no mato, observando o movimento e as pessoas que circulavam pelo local para ver se identificava naqueles rostos algum dos atiradores. Quando percebeu que eles não estavam por ali, resolveu ir pedir ajuda. Mas assim que chegou na porta da igreja, desmaiou novamente.

A história de Xavier chocou todos os que estavam esperando a vaga no próximo ônibus. Como ter certeza de que não iriam passar pela mesma situação? O que aconteceu com os outros passageiros? Todos desconfiavam da resposta, mas não tinham coragem de externar os pensamentos. A paróquia entrou em contato com a família de Xavier e uns dias depois sua esposa chegou com um irmão, para encontrá-lo. Ela chorava muito enquanto abraçava o marido. Contou que, uns dias depois que ele partira, um dos coiotes entrou em contato com ela dizendo que tinha acontecido um contratempo e que eles precisariam pagar mais uma quantia pela viagem de Xavier. Ela perguntou pelo estado do marido, e o homem disse que ele estava bem, só que incomunicável. Ela disse que não tinha dinheiro, mas que ia conversar com a família. O homem então disse que voltaria a procurar por ela em dois dias.

Quando falou para a família sobre o pedido de mais dinheiro, eles desconfiaram e disseram que tudo o que tinham já havia sido dado. Combinaram que, quando o homem voltasse a procurá-la, ela deveria exigir falar com Xavier, para entender qual era a real situação, qual o motivo de ele precisar de mais dinheiro. Se fosse de fato necessário, eles iam tentar dar um jeito. E assim ela fez. Só que a resposta do homem a deixou desesperada. Ele disse que ou eles pagavam ou não iam mais ver Xavier. A família estava buscando alternativas para conseguir o dinheiro quando o padre entrou em contato e disse que Xavier estava na paróquia.

Joslin e Edy ficaram muito tempo conversando sobre a história de Xavier e pensando sobre o que eles iam fazer. Já não estavam dispostos a arriscar as próprias vidas em uma viagem de ônibus que poderia não acabar bem. Já tinham se conformado que o dinheiro que pagaram aos coiotes estava perdido. Mas pelo menos estavam vivos. Começaram então a estudar possibilidades. Pensaram que talvez o padre pudesse lhes dar algum bom conselho. Foram até a igreja procurá-lo e enquanto ele não chegava, se sentaram em um banco em frente ao altar. Joslin olhava para aquelas imagens de santos

ABALO

e pinturas bíblicas pelas paredes e uma sensação de paz lhe invadiu. Queria ficar ali para sempre e não parar de sentir aquela tranquilidade. Um raio de sol entrava pelo vitral e dava ao ambiente um aspecto meio celestial. Pelo menos era assim que Joslin via.

— Olá, meus filhos! — Era o padre que havia chegado para falar com eles.

Os dois então contaram que depois de ouvirem a história de Xavier estavam com medo de irem para o Brasil de ônibus, como haviam planejado. O padre disse que eles tinham toda a razão por não quererem se aventurar e que tinham uma vantagem sobre tantos outros haitianos que estavam ali: eles tinham algum dinheiro. Sugeriu-lhes então que fossem de ônibus (oficial) até a capital Lima e de lá fossem de avião até Manaus, outra cidade brasileira que ficava no estado do Amazonas, também norte do Brasil. Ele ia lhes dar algum material de leitura para que pudessem aprender um pouco sobre a cidade e, dessa forma, não chegariam tão desprevenidos.

E assim, depois de um mês abrigados na paróquia, Joslin e Edy entraram em um ônibus para Lima. Havia entre os passageiros cerca de vinte haitianos. Apesar de estarem em um ônibus intermunicipal e formal, os rapazes viajaram tensos, sempre lembrando da história de Xavier. Por isso, eles respiraram aliviados quando desembarcaram em segurança na rodoviária. Naquela mesma noite embarcaram no avião para Manaus.

PRIMEIRAS IMPRESSÕES

Manaus era uma cidade bastante diferente das que Joslin e Edy conheciam. Para começar, não tinha praia. Mas tinha um rio maravilhoso — rio Amazonas —, que parecia um oceano de tão imenso. Joslin e Edy estavam acostumados a comer peixe de água salgada, mas em Manaus eles experimentaram tucunaré, pirarucu e tambaqui. Nem todas as aulas de português do cabo Dias prepararam Joslin para pronunciar esses nomes. Edy se divertia ao ver o constrangimento e a inabilidade do amigo. Comeram também frutas até então desconhecidas, como graviola, cupuaçu e tucumã. Essa última, inclusive, eles aprenderam, era ingrediente de um prato típico, muito apreciado no café da manhã naquela região: o x-caboquinho, um sanduíche feito de pão, queijo coalho, banana da terra e lascas de tucumã.

Foram conhecer o Teatro Amazonas, e se impressionaram com a magnitude do prédio. Estava na época em que acontecia um festival de ópera e eles puderam aproveitar alguns espetáculos.

"Que coisa linda!" — pensava Joslin.

Edy gostava também, mas se interessava mais em saber curiosidades sobre a arquitetura do local, como o fato de as pedras e os postes das ruas ao redor do teatro terem vindo da França. Ele contou para Joslin que por um tempo Manaus tentou ser a "Paris dos Trópicos" e seus moradores buscavam imitar o estilo de vida parisiense, nos modos, nos gestos, nas apresentações teatrais, nas roupas. Para Joslin isso era um absurdo, porque não tinha como se vestir as mesmas rou-

ABALO

pas usadas em Paris em um local que era tão quente quanto Manaus. Mas Edy lhe disse que era assim e que, inclusive, as roupas pesadas e luxuosas que estavam expostas no teatro eram amplamente usadas pela alta sociedade da época.

— Só o cheiro que não devia ser tão bom, porque eles usavam até sujar ao ponto de não poderem mais, e aí as mandavam por navios para serem lavadas em Paris — contou Edy de forma divertida.

Na praça em frente ao teatro, eles viram o Monumento à Abertura dos Portos às Nações Amigas, um memorial criado por um italiano chamado Domenico de Angelis. O monumento simboliza o que os brasileiros chamam de "quatro cantos do mundo" e nele os continentes americano, africano, europeu e asiático são representados por uma embarcação que tem um menino sentado. Joslin achava aquilo maravilhoso e passava um bom tempo admirando a obra e pensando em como o mundo é ao mesmo tempo grande e pequeno:

"Em todo lugar tem gente que só quer ser tratada com dignidade e muitas vezes sai de seu país para conseguir uma vida melhor. Esses barcos mostram isso" — refletia ele.

Outro lugar que eles visitaram e que impactou muito Joslin foi o Museu do Seringal. Eles pegaram um barco e foram até o museu. Isso já era uma novidade para os dois: se locomover de barco, pois não havia como ir por via terrestre. Na verdade, o barco tinha a mesma dinâmica dos ônibus que eles conheciam, pois as pessoas embarcavam e desembarcavam em pontos específicos. Algumas pareciam estar indo trabalhar, outras traziam consigo sacolas de compras. Joslin conseguiu entender que um senhor contava para uma moça que estava voltando de uma consulta médica na capital. Ele observava tudo com muita curiosidade. Manaus era uma grande cidade, com bela infraestrutura e tudo o que se espera de uma capital: prédios, carros, ônibus, amplo comércio, sho-pping centers, gente correndo de um lado para outro. Mas quando se queria ir até alguma outra cidade perto, muitas vezes precisava fazer o percurso de barco ou avião, pois não tinha estrada. A floresta tomava conta. Isso era até bonito, na opinião do rapaz.

Chegaram ao Museu do Seringal e lá ficaram sabendo que esse nome era devido ao fato de a árvore chamada serin-gueira produzir o látex, matéria-prima para se fazer a borracha. Aquele lugar era importante porque, em um momento da história do Brasil, eles viveram o que chamavam de Ciclo da Borracha, quando esse produto era responsável pela entrada de muito dinheiro no país. Era parecido com o Ciclo do Ouro, sobre o qual o sargento Carvalho tinha falado para eles. O museu tinha uma casa bem bonita, com vários móveis e uten-sílios de luxo para a época. Até um piano tinha. Tudo vindo da Europa. Joslin olhava aquilo tudo e ficava pensando como devia ter sido difícil levar todas aquelas coisas até lá. E como devia ter sido caro.

Do lado de fora, viram os locais em que os seringuei-ros – nome dado aos trabalhadores que tiravam o látex das árvores – dormiam. Eram basicamente cabanas montadas em plataformas que ficavam em cima das árvores. Os homens tinham que dormir no alto, para evitar ataques de onças, animal que existia em abundância na região.

Lá também tinha uma igreja e todos os moradores do seringal, tanto senhores quanto os trabalhadores, iam assis-tir missa aos domingos. Tudo era muito interessante para eles. Mas uma pessoa responsável pelo museu lhes contou uma história triste: os seringueiros, além de trabalhar para o senhor da terra, tinham que pagar por tudo o que consumiam no local: aluguel do espaço em que dormiam, comida, água,

ABALO

segurança, roupas, água ardente. Esse valor era descontado do que lhes pagavam todos os meses, o que fazia com que sobrasse muito pouco dinheiro para os trabalhadores. Isso às vezes os revoltava, mas eles não podiam reclamar, pois os senhores da terra tinham homens armados a seu serviço, com a missão de manter a ordem e a disciplina. Alguns trabalhadores então tentavam fugir e, devido a uma religiosidade forte, muitas vezes confiavam seu plano de fuga ao padre, pedindo a bênção para a empreitada. Acontece que o senhor da terra tinha um outro artifício de controle: muitas vezes o padre que atendia suas posses não era um padre de verdade, mas um espião disfarçado, pronto para delatar qualquer um que pensasse em escapar. Assim, muitos dos "rebeldes" acabavam sumindo na floresta e nunca mais eram vistos. Ouvindo isso, Joslin se lembrou da história de Xavier:

"A humanidade não é criativa" — pensou ele. "Sempre usa formas parecidas de tirar proveito dos outros. O que muda é o lugar e o tempo".

Joslin e Edy estavam muito empolgados com as descobertas que faziam todos os dias em Manaus e com tudo o que conheciam sobre a cultura local. Mas eles não podiam viver ali como turistas. Precisavam procurar trabalho e um local para morar, já que estavam temporariamente em uma pensão que recebia imigrantes. Nesta pensão, além de haitianos, estavam hospedados também alguns venezuelanos e dois cubanos. O dono da pensão, Sr. Mendonça, era um homem de meia-idade bastante simpático e prestativo. Sempre disposto a ajudar e a dar conselhos para seus hóspedes.

Em uma manhã durante o café, ouvindo a conversa de Joslin e Edy e já entendendo um pouco do *créole*, Sr. Mendonça lhes disse que às vezes iam pessoas até lá oferecer trabalho na construção civil, em restaurantes, ou outras vagas para os imigrantes, mas que era mais seguro eles irem em alguma instituição que trabalhava oficialmente com o encaminhamento ao emprego.

E assim eles fizeram. Foram até uma instituição que oferecia aulas de português, alguns cursos profissionalizantes e vagas de emprego. Joslin e Edy fizeram um cadastro e, como não tinham experiência em nenhuma área, a pessoa que os atendeu sugeriu que fizessem primeiro um dos cursos disponíveis. Consultou um calendário e lhes disse que as próximas turmas seriam de português, padaria, marcenaria, garçom, ajudante de cozinha e Excel básico. Joslin se inscreveu no curso de Excel enquanto Edy achou que como garçom poderia ter mais contato com as pessoas e se sair melhor. Os dois também passaram a frequentar as aulas de português três vezes na semana. Os cursos eram bons e eles estavam aprendendo muito, mas conseguir trabalho estava demorando mais do que eles planejaram. Apesar de terem algum dinheiro, eles tinham medo de que ele acabasse, deixando-os em uma situação difícil.

Edy voltou do curso de garçom uma tarde contando que um colega de turma chamado Jean ia para uma outra cidade, no sul do país. O nome dessa cidade era Curitiba e muitos imigrantes estavam indo para lá, por causa de boas oportunidades. Assim como Manaus, ia ter jogo da Copa do Mundo em Curitiba e eles estavam contratando imigrantes para vários tipos de trabalho. Esse colega de Edy já tinha alguns parentes morando lá, então estava indo com lugar certo para morar. Perguntou se Edy não queria ir junto tentar a sorte e ele até tinha gostado da ideia. Joslin falou que podia mesmo ser uma possibilidade, mas como eles iam terminar os cursos que estavam fazendo em um mês, o ideal era que fossem depois disso, pois assim teriam algum certificado válido no

ABALO

Brasil. Sem contar que existia uma chance de que, com os cursos concluídos, eles conseguissem trabalho ali mesmo em Manaus. Edy concordou e assim eles fizeram.

Na turma de Joslin estudavam pessoas que no Haiti eram médicos, arquitetos, engenheiros, dentistas e tinha até um economista. Seu nome era Henri. Joslin gostava de conversar com Henri e perguntar coisas sobre a faculdade de economia. Como era, o que estudavam, com o que trabalhavam. Henri lhe contou sobre um certo Adam Smith, que desenvolveu uma teoria sobre uma mão invisível que controlava o mercado; um Thomas Malthus, que explicou as baixas condições de vida na Inglaterra e outros. Disse que o Brasil também tinha grandes economistas e o seu preferido era Celso Furtado, que escreveu livros sobre desenvolvimento e subdesenvolvimento e o quanto o Estado era importante nesse processo. Ouvindo Henri falar sobre essas coisas, Joslin não entendia como uma pessoa tão inteligente ainda não tinha conseguido um emprego no Brasil. Ele imaginou que se era difícil para Henri, para ele então, que ainda não tinha se formado, seria impossível.

Resolveu contar para Henri sobre os planos de talvez ir para Curitiba. Ficou surpreso quando este lhe disse que também iria para lá, pois tinha recebido uma proposta para trabalhar em uma empresa de escavação em uma cidade da região metropolitana de Curitiba:

— Que notícia boa, meu irmão! Vai ser economista da empresa? — perguntou Joslin, animado.

Henri então deu um sorriso amarelo e disse:

— Quem me dera. Vou trabalhar escavando mesmo. Ainda não posso trabalhar como economista aqui no Brasil, porque meu diploma não é reconhecido. O mesmo acontece com nossos irmãos haitianos que são médicos, enfermeiros, professores, agrônomos, arquitetos, advogados, administradores. Precisamos trabalhar com o que tem. E tentar conseguir um dia que nossas profissões sejam reconhecidas. Por agora, o importante é ter um dinheiro para se manter e para mandar para a família no Haiti.

Ouvir aquilo desanimou Joslin. Não lhe parecia justo que alguém que se preparou tanto tivesse que se submeter a trabalhos tão diferentes. Com o tempo ele descobriu que não só os haitianos viviam essa situação, mas muitos brasileiros também.

A conclusão dos cursos de Joslin e Edy não veio acompanhada de um emprego e tampouco da perspectiva de um. No último dia de aula fizeram uma confraternização e pela primeira vez os amigos comeram coxinha e um doce chamado brigadeiro. Edy gostou muito dos dois. Já Joslin gostou muito da coxinha, mas nem tanto do brigadeiro. Achou doce demais. O coordenador dos cursos fez um discurso, desejando boa sorte a todos aqueles que estavam ali e dizendo que a instituição continuava à disposição para ajudá-los no que fosse possível. Inclusive os convidou para voltarem no dia seguinte para que o pessoal os ajudasse a montar seus currículos. Eles iriam poder levar algumas cópias e a instituição ficaria com outras, para futuros encaminhamentos. Mas Joslin e Edy não iriam esperar os possíveis futuros encaminhamentos. Fizeram seus currículos, pegaram suas cópias e seguiriam os passos do colega Jean, que nem esperou finalizar seu curso para deixar Manaus e ir para Curitiba. Dois dias depois de terem seus certificados em mãos, Joslin e Edy também se mudaram para a capital paranaense.

VIDA NOVA, NOVOS AMIGOS

Joslin e Edy desembarcaram em Curitiba e levaram um susto. Estavam no mês de junho e fazia um frio que eles não sabiam que existia. Nunca tinham sentido nada igual. Por sorte, Jean, que ia lhes buscar no aeroporto, imaginou que eles não estivessem preparados para aquela temperatura e levou casacos para os dois. Saíram na porta do desembarque e Jean estava lhes esperando com um sorriso. Já foi logo falando:

— *Akeyi frè m yo*[16]! — Eles se dirigiram para o ponto de ônibus e tiveram que esperar uns minutos até que este chegasse. O vento que soprava parecia que entrava nos ossos de Joslin e Edy. Eles tremiam todo o corpo e mal conseguiam falar, pois estavam batendo o queixo:

— Como pode fazer tanto frio assim em um país da América do Sul? — perguntou Joslin em um tom que revelava perplexidade e indignação.

Jean riu divertido e disse que eles iam se acostumar. E com a roupa certa, o frio não era tão ruim assim.

O ônibus chegou e tanto Joslin quanto Edy ficaram agradecidos por não estarem mais expostos aquele vento cortante. No caminho, Jean ia lhes falando sobre a cidade, apontando um ou outro lugar que lhe parecia interessante. Falou que Curitiba era uma cidade com muitos imigrantes e que chegava mesmo a ter bairros inteiros construídos por eles. Falou dos imigrantes italianos, poloneses, árabes, japoneses, alemães

---

16 **Bem-vindos, meus irmãos.**

e outros. E disse que, nos tempos atuais, chegavam muitos vindos da Síria, Haiti e Venezuela. Ouvindo isso, Edy perguntou:

— Mas então quase não existe gente de Curitiba mesmo aqui?

Rindo, Jean respondeu que sim, e que a maioria dos curitibanos – esse era o nome dado as pessoas que nasciam na cidade – eram filhos e netos de imigrantes. Joslin pensou então que, apesar do frio, Curitiba tinha sido uma escolha acertada, pois um lugar que já estava habituado a receber tantos imigrantes seria bem mais hospitaleiro para eles.

Em meio a esses pensamentos e às explicações de Jean sobre a cidade, Joslin nem percebeu quando chegaram ao centro da cidade e tiveram que desembarcar do ônibus. Ali, apesar do clima gelado, o vento não era tão forte quanto o do aeroporto. Ele achou a Praça Tiradentes e a igreja Catedral de Curitiba muito bonitos. Aliás, se surpreendeu ao perceber o quanto a cidade era limpa e organizada:

— Pena que tão fria.

Jean estava morando em um prédio ali mesmo no centro da cidade, junto com vários outros imigrantes haitianos. Eles ocupavam uns cinco apartamentos em um prédio antigo e por isso não foi difícil conseguir um quarto para Joslin e Edy. Os dois gostaram muito do lugar, primeiro porque estavam junto de outros haitianos, o que lhes dava uma sensação de segurança e pertencimento. E depois, estar ali no centro da cidade, facilitava a locomoção deles para vários lugares.

Conheceram várias feiras livres, o Largo da Ordem, o Paço da Liberdade e o calçadão da Rua XV de novembro. Ali perto também ficava a reitoria da Universidade Federal, que tinha alguns programas de acolhimento aos imigrantes. A cada passeio pelas ruas de Curitiba, os amigos gostavam mais da cidade. Estavam se sentindo muito bem ali e por isso foi com surpresa que ouviram de um outro morador do prédio que era para tomarem cuidado nas ruas, principalmente à noite. Ele lhes disse que em determinadas regiões andavam alguns grupos de *skinheads* que eram muito hostis com os imigrantes:

— Eles já mataram pessoas, então é melhor não facilitar.

Contou também que não era incomum acontecerem casos de xenofobia com imigrantes e que, há algum tempo, uma mulher levou uma cusparada e outra uma pedrada na rua por serem muçulmanas e estarem usando o *hijab*[17]. Essas histórias foram um banho de água fria para Joslin, que ficou decepcionado, pois tinha criado expectativas altas com a cidade. A primeira reação que teve foi pensar que afinal se mudar para Curitiba não tinha sido uma ideia tão boa assim.

Estava absorto nesses pensamentos quando Edy o interrompeu, dizendo que tinham um convite para comer uma sopa de *joumou*[18] na casa de um casal que morava em um bairro chamado Cajuru. Esse convite animou um pouco Joslin, que sentia saudade da comida do Haiti. Quando deu a hora, ele, Edy e Jean se dirigiram até a casa de Martina e Oliver.

O casal era muito simpático e os recebeu em sua casa com muita alegria. Tinham quatro filhos que, eles contaram, não eram haitianos, pois nasceram na República Dominicana, país para o qual eles se mudaram por ter mais infraestrutura e melhores condições de vida do que o Haiti. Ouvindo isso, Joslin pensou que se fosse há algum tempo, ele iria recriminar seus anfitriões. Mas agora ele os entendia, pois estava na mesma situação.

---

[17] **Véu muçulmano.**
[18] **Sopa histórica do Haiti, feita de vegetais como abóbora, cenoura, batata, temperos e caldo de carne. Normalmente é consumida no dia 1 de janeiro e representa a liberdade, comunidade, coragem e união do povo haitiano.**

Oliver era eletricista no Haiti e conseguiu no Brasil regularizar sua documentação para entrar na universidade. Estava estudando engenharia elétrica. Martina trabalhava em uma empresa de zeladoria que atendia várias outras empresas. Por isso não tinha um local fixo para trabalhar, atendendo onde fosse necessário. As quatro crianças tinham entre doze e seis anos. O mais velho era Saymon. A menina se chamava Shantal. Os dois menores eram Sheree e Sorel. Todos eram muito educados e alegres como os pais. Os quatro falavam bem o português e iam para a escola e enquanto os três meninos frequentavam uma escolinha de futebol, Shantal tinha aulas de música. Ela já tocava flauta e violão e depois do jantar fez uma pequena apresentação para os convidados. Assim que terminou o sarau, as crianças foram dormir e os adultos continuaram conversando animadamente.

Oliver então contou que também chegou ao Brasil via Manaus. Ficou um tempo trabalhando lá e depois um amigo da igreja (ele era evangélico) o convidou para ir trabalhar em São Paulo com manutenção. E assim ele fez, pois o salário era melhor e ele queria trazer Martina e as crianças o quanto antes para junto dele. Ficou quase dois anos trabalhando em São Paulo e guardando dinheiro. Os dias sozinho naquela cidade enorme não foram fáceis, mesmo ele já sabendo um pouco do português. Ele viu muitos irmãos haitianos passarem maus pedaços e serem enganados por não entenderem o idioma. Por isso, sempre que falava com Martina insistia que ela e as crianças já começassem a estudar português antes mesmo de virem para o Brasil. E isso possibilitou Martina conseguir um emprego logo que chegaram, e as crianças já entrarem na escola:

— Eu vejo muitos dos nossos irmãos, principalmente as mulheres, resistindo a aprender o português e querendo só

ABALO

falar *créole*. Essas pessoas só querem conversar com outros haitianos e muitas vezes não gostam de falar nem com as pessoas das instituições ou da Pastoral do Imigrante, que as ajuda com cesta básica, roupas e outras coisas. Eu até entendo que elas fiquem inseguras e prefiram estar com seus irmãos haitianos, mas isso não faz bem — comentou Oliver.

Martina, que no Haiti tinha o diploma em sociologia, disse que essa é uma reação bastante comum entre imigrantes que vão para outros países, motivados por circunstâncias adversas: buscar se juntar com as pessoas da mesma nacionalidade e construir uma pequena comunidade ali. Isso lhes dá sensação de segurança e senso de pertencimento. Protege-os contra possíveis hostilidades, preconceitos e, no caso deles, haitianos, racismo. Ela disse também que isso aconteceu muito em Curitiba e em boa parte da região Sul do Brasil, quando os imigrantes italianos, poloneses, ucranianos e alemães chegaram:

— Eles se juntaram em comunidades chamadas colônias e tentavam viver da mesma forma que viviam em seus países de origem, sem se misturarem com os outros imigrantes nem com os naturais do local. Até escolas que davam aulas em suas línguas nativas eles construíram.

E como curiosidade, ela disse que ficou surpresa quando descobriu, lendo artigos históricos, que os poloneses foram vítimas de muito racismo por parte dos outros imigrantes europeus em Curitiba. Principalmente os alemães os discriminavam muito, por causa de conflitos que eles tinham na Europa e mantiveram aqui.

Joslin estava encantado em conhecer o casal Oliver e Martina. Eram inteligentes, cultos, tinham filhos educados e conseguiram uma vida relativamente tranquila, mesmo na condição de imigrantes. Tinham empregos que lhes davam certa estabilidade, moravam em uma casa bem montada, seus filhos iam para a escola e até carro tinham. Podiam se dar ao luxo de convidar amigos para jantar. Esse era o estilo de vida que ele queria para si. Falou para Oliver que ele e Edy estavam em busca de trabalho. Oliver lhe indicou algumas instituições que os ajudariam. Disse também para não deixarem de ir à Pastoral do Imigrante e o mais importante: irem emitir a carteira de trabalho brasileira. Sem ela, eles não conseguiriam trabalho da forma correta. Ela era a garantia que os trabalhadores tinham de ter seus direitos assegurados. Joslin ficou chocado por estar já há tanto tempo no Brasil e nunca terem lhe falado sobre essa carteira de trabalho. No dia seguinte já ia ver quais trâmites precisava fazer para conseguir essa tal carteira.

Já estava ficando bem tarde e eles sabiam que Oliver e Martina deviam estar cansados. E eles não queriam parecer inconvenientes, pois gostariam de ser convidados mais vezes. Assim, agradeceram a noite agradável e se despediram. Fizeram o caminho até o apartamento a pé. A noite estava bem gelada e mais uma vez o vento frio era constante. Mas dessa vez eles estavam bem agasalhados, com casaco, meias nos pés, touca na cabeça, luvas nas mãos e cachecol no pescoço. Além disso, caminhar ativava a circulação e esquentava. E assim seguiram os três pelas ruas de Curitiba, com as mãos nos bolsos e as cabeças baixas, para evitar o vento. Conversaram por todo o caminho. Um carro de polícia passou devagar por eles. Joslin teve a impressão de que os policiais os estavam observando e que iam parar para abordá-los. Ainda assim, continuou andando e conversando com os amigos de forma despreocupada. Os policiais observaram mais um pouco e foram embora.

ABALO

Quando se deitou para dormir, Joslin ficou um tempo pensando em tudo o que tinham conversado na casa dos novos amigos. A fala de Martina sobre essa necessidade que os imigrantes sentiam de ficarem juntos para se sentirem mais fortes ficou martelando em sua cabeça:

"De fato, a união faz a força" — pensou ele. "Mas se isolar em um grupo específico e não interagir com o todo nem deixar que pessoas de "fora" entrem nesse grupo, é uma maneira de segregar pessoas. Não pode ser bom mesmo".

Pensou também que, apesar das dificuldades de ser imigrante em uma terra tão diferente, existia a chance real de se conseguir coisas boas da vida. Oliver e Martina eram exemplo disso. E ele poderia conseguir também. Teria que trabalhar duro e estudar muito, mas iria conseguir. Só que, primeiro, precisava conseguir a carteira de trabalho. Com esses pensamentos, adormeceu com a esperança renovada.

EM BUSCA DE TRABALHO

Joslin e Edy não tiveram problemas para obter a carteira de trabalho brasileira. Com o passar dos dias, descobriram que existia no Brasil uma ampla rede de apoio aos imigrantes, formada pela Polícia Federal, Receita Federal, centros de referência, ONGs, igrejas, entre outras instituições. Joslin ficou positivamente impressionado em perceber o tamanho dessa estrutura que o ajudou a regularizar seus documentos e se tornar elegível para buscar emprego, estudar e viver como um cidadão brasileiro.

Uma dessas instituições encaminhou Edy para trabalhar como garçom em um restaurante. Como Edy trabalhava no turno da noite, ele precisava chegar no restaurante por volta das 17 horas e ficava até depois que fechava, quando, junto com os colegas de trabalho, organizava tudo para o dia seguinte. Com isso, os amigos começaram a se ver menos, pois Edy chegava em casa mais de meia-noite e dormia até mais tarde. Joslin, por sua vez, aproveitava as manhãs para visitar as instituições em busca de emprego. Em uma dessas visitas, ele ficou sabendo de uma vaga de emprego em uma livraria. Não pedia experiência, mas que o candidato gostasse de livros e soubesse o pacote *office* básico. Joslin ficou muito empolgado, pois achava que devia ser muito bom trabalhar na livraria e ele tinha todos os requisitos da vaga. Falou para a analista que o atendeu na instituição que gostaria de se candidatar. Ela então falou que iam montar o seu currículo para encaminhar ao dono da livraria e ficou admirada quando Joslin disse que já tinha pronto, entregando uma cópia para ela:

ABALO

— Muito bom, Joslin! Proatividade é uma coisa muito importante.

Leu atentamente o currículo e viu que o português estava correto e tinha todas as informações necessárias. Assim, fez um cadastro de Joslin e disse para ele ficar de sobreaviso, pois iria tentar marcar uma entrevista para ele. Mas antes que ele fosse, lhe deu algumas dicas sobre como se portar na entrevista, o tipo de roupa que devia vestir e, o mais importante: disse para ele ser absolutamente sincero sobre tudo o que sabia e o que não sabia fazer.

O rapaz voltou para casa ansioso para que o tempo passasse rápido e a sua entrevista fosse agendada. De tempos em tempos olhava o celular para ver se não havia perdido uma chamada ou uma mensagem. Ele estava torcendo para que Edy já tivesse acordado, pois queria contar a novidade para o amigo e pedir para que ele o acompanhasse a uma loja para comprar uma roupa adequada para a entrevista. Chegou e Edy estava tomando café da manhã:

— Bom dia, meu irmão — saudou Edy com o mesmo sorriso de sempre, mas em um rosto que demonstrava que precisava dormir mais um pouco.

Vibrou quando Edy lhe contou a novidade e pulou para se aprontar para ir com o amigo à loja de roupas.

Eles foram em uma grande loja de departamentos que ficava na Rua XV de novembro. A primeira roupa que Joslin viu foi uma calça de sarja preta e uma camisa branca. Edy logo protestou:

— Não, não, não! Se você vestir essa roupa vai parecer que está trabalhando comigo no restaurante! Pegue uma camisa de outra cor.

Joslin riu e deu razão ao amigo. Pegou então uma calça cáqui e uma camisa azul marinho. Na hora em que se virou para voltar para a cabine com as peças escolhidas, quase trombou com o segurança da loja que estava atrás dele. Pediu desculpa e entrou na cabine para experimentar a roupa. Quando saiu, Edy levantou os dois polegares em sinal de aprovação. Pediu para o amigo esperar, foi até um departamento da loja e voltou com um cinto e um sapato marrons. Dessa vez foi Edy que precisou pedir licença para o segurança, que ficou no meio do caminho entre a cabine e o setor de cintos e sapatos, o acompanhando com o olhar. Edy entregou os itens para Joslin:

— Coloca o cinto e esse sapato.

Joslin colocou e perguntou a opinião do amigo, que disse sorrindo:

— Você é um perfeito trabalhador de livraria! Estou até com vontade de comprar um livro te vendo assim!

Joslin se olhou mais uma vez no espelho e gostou do que viu. Pensou que Josline ficaria feliz se visse ele elegante, vestido daquela maneira. Fechou a cortina da cabine, vestiu a sua roupa e foi até o caixa para pagar a sua conta. O segurança ficou por perto deles até o momento em que saíram da loja com as sacolas das compras que fizeram.

Joslin chegou em casa, pendurou a roupa com cuidado e continuou sua monitoração constante do celular. Estava inquieto e não conseguia se concentrar para estudar, ler e nem mesmo assistir TV. Ficava andando de um lado para outro e, quando não suportava mais a espera, decidiu sair para passear um pouco. Caminhou pelo centro da cidade, passou pela praça Osório, subiu e desceu a Rua XV, foi até a Rua São Francisco, atravessou a avenida, chegou ao Largo da Ordem e entrou no pequeno museu barroco, situado ao lado da Igreja

ABALO

de São Francisco. Olhar aquelas obras de arte o acalmou um pouco. Sentindo essa tranquilidade, ele lembrou que o cabo Dias lhe contou em uma de suas aulas de português que um poeta brasileiro falou uma vez que "a arte existe porque a vida não basta". E era isso. Aquelas obras de arte em exposição o acalmavam e ajudavam a amenizar aquela espera sem fim.

Quando abriu os olhos na manhã seguinte, a primeira coisa que fez foi olhar o celular. Sem novidades. Ele queria conversar com Edy, mas não teve coragem de acordar o amigo que devia estar cansado do trabalho na noite anterior. Assim, tomou café e mais uma vez foi fazer uma caminhada pelo centro da cidade para tentar se distrair um pouco. Quando voltou, Edy já havia acordado e os dois conversaram por um bom tempo. Edy contou como foi a noite de trabalho e Joslin falava da expectativa de trabalhar na livraria. Dizia como deveria ser bom passar o dia todo em meio a vários livros, organizando, folheando, cadastrando. Edy não queria ser desagradável, mas, ao ver o amigo com tanta expectativa, ficou preocupado com a sua decepção, caso ele não fosse contratado para a vaga. Ficou então procurando a melhor maneira de falar sobre essa possibilidade, mas, por sorte, quando ia abordar o assunto, o celular de Joslin tocou:

— Alô, Joslin. Bom dia. Aqui é a Sabrina da instituição de encaminhamento ao trabalho. Tudo bem? Estou entrando em contato porque você se interessou por uma vaga que temos na livraria, certo? Você pode ir até lá hoje à tarde fazer uma entrevista com o proprietário?

Os olhos de Joslin brilhavam enquanto ele respondia:

— Bom dia. Posso sim. A que horas preciso estar lá?

A voz do outro lado da linha respondeu:

— Que bom. A entrevista será às 15h30. Vou te mandar uma mensagem com todas as informações. Até logo e boa sorte.

Quando desligou o telefone, Joslin deu um pulo e abraçou Edy, que estava na sua frente tentando perceber o que estava sendo dito. Os dois ficaram dando saltinhos abraçados e cantando de felicidade.

Na hora marcada Joslin entrou na livraria impecavelmente vestido com sua roupa nova e procurou pelo Sr. Valdir. A atendente que estava entre as estantes pediu para que ele esperasse no final do corredor, perto do balcão, que ela ia avisar ao patrão que ele estava sendo esperado. Enquanto aguardava, um rapaz que estava sentado em um banco baixo tirando uns livros da caixa levantou os olhos e o viu:

— Olá! Você veio para a entrevista? — perguntou.

— Sim, vim para fazer a entrevista com o Sr. Valdir — respondeu Joslin.

— Que bom. Você vai gostar de trabalhar aqui. O patrão é meio exigente, mas muito gente boa. E o trabalho é legal.

Quando Joslin ia responder, um senhor que aparentava ter um pouco mais de sessenta anos, estatura média, olhos muito azuis, cabelos pintados de preto puxados para trás e um vasto bigode que, Joslin desconfiou, também era pintado de preto, apareceu em uma porta e o convidou para entrar em um escritório.

— Boa sorte — sussurrou o rapaz que estava tirando os livros da caixa.

Joslin agradeceu com um aceno de cabeça e entrou.

— Boa tarde, meu jovem — cumprimentou o Sr. Valdir. — Joslin, correto?

— Boa tarde. Sim, meu nome é Joslin — respondeu.

— Muito bem, Joslin. Eu sou Valdir, proprietário da livraria. Fico agradecido por você ter interesse em trabalhar aqui e gostaria de te conhecer um pouco mais. Portanto, peço que

ABALO

me conte um pouco sobre você, a sua vida, como chegou até aqui e porque gostaria de trabalhar conosco.

Joslin respirou fundo. Seria muito difícil contar sua história e como chegou até ali, sem demorar horas (a moça da instituição que o encaminhou para a entrevista disse para ele ser sucinto) e sem chocar aquele senhor com algumas passagens. Mas ele ia tentar falar só o que era mais importante (apesar de tudo na vida de uma pessoa ser importante para ela) e se o Sr. Valdir quisesse saber mais, poderia perguntar. Falou que não tinha mais Chovel nem Josline com ele e como ele os perdeu. Contou um pouco da vida no primeiro acampamento, da amizade com sargento Carvalho, da ida para Petit Paradis e do *tsunami* que levou tio Jonas. Depois a vida no segundo acampamento, as aulas de português com Cabo Dias e a vinda para o Brasil, passando por Manaus e chegando a Curitiba. Não sabe quanto tempo demorou contando tudo isso, mas o Sr. Valdir o ouvia atentamente e não o interrompeu nenhuma vez. Quando Joslin terminou de falar, continuou olhando fixamente para o rapaz que também o olhou. Naquele instante Joslin teve a impressão de que, além do cabelo e do bigode, Sr. Valdir pintava de preto também as grossas sobrancelhas.

— Muito bem. Você passou maus bocados até agora, não é verdade? Seu português está muito bom e acredito que, com o tempo, irá melhorar ainda mais. Me diga uma coisa, você gosta de ler?

Joslin foi assertivo:

— Sim, senhor. Eu sempre gostei muito de ler, desde que aprendi. No Haiti já tinha lido muitos autores negros. Depois parei um pouco por causa das circunstâncias, mas com as aulas do cabo Dias retomei esse hábito. Já li alguns autores brasileiros também.

Sr. Valdir esboçou um sorriso e disse:

— Muito bom, muito bom. Quem trabalha em livraria precisa gostar de ler e conhecer vários assuntos. Causaria uma péssima impressão em um cliente se ele pedisse alguma sugestão ou ajuda para alguém que trabalha na livraria e esse alguém não soubesse nada sobre autores, histórias, assuntos.

Joslin nunca tinha pensado nisso, mas concordou.

— O trabalho aqui é relativamente simples, mas exige dedicação — explicou o Sr. Valdir. — São oito horas por dia, das quais uma e meia os funcionários precisam passar lendo alguma obra do acervo. Eu não abro mão dessa prática, pois exijo que as pessoas que trabalham na minha livraria saibam o que tem nela e do que se trata senão todos, a maioria dos livros que vendemos.

Joslin não podia acreditar. Além de trabalhar com livros, teria tempo para lê-los. Nem tentou disfarçar a alegria quando Sr. Valdir perguntou se ele poderia começar a trabalhar naquela mesma semana. Diante da resposta positiva, o agora também patrão de Joslin lhe deu as instruções de pedir para Max (que depois Joslin descobriu ser o rapaz que estava sentado no banquinho organizando livros) duas camisetas do uniforme e os documentos que ele precisaria para fazer os exames admissionais. Se despediu de Joslin dizendo:

— Boa sorte e até breve.

TRABALHANDO

Em seu primeiro dia de trabalho Joslin foi pontual. Chegou na porta da livraria com um pouco mais de cinco minutos de antecedência. A tarde do dia anterior havia sido bastante corrida, pois ele teve que fazer os exames e assinar os documentos necessários, mas tudo deu certo. Max chegou um pouco depois e lhe deu bom dia, perguntando também se ele estava animado para começar:

— Animado sim, mas também estou um pouco nervoso — respondeu Joslin sorrindo.

— Ah, isso é normal. Mas você vai ver que tudo vai correr bem.

Max era alto e magro. De certa forma, fazia Joslin lembrar do cabo Dias. Ele tinha nascido no interior do Paraná e foi trabalhar na livraria para pagar seus estudos na universidade. Estudava Letras. Joslin descobriu que esse era o nome dado para o curso em que as pessoas estudavam a literatura brasileira e a de algum outro país, além de gramática e outras coisas que ele não entendia bem. Ao tomar conhecimento de que existia esse curso, Joslin achou que o sargento Dias devia estudar Letras também, pois uma das coisas que um letrólogo ou linguista pode fazer é dar aulas.

O Sr. Valdir incumbiu Max de ensinar o trabalho a Joslin. Assim, ele ia apresentando ao novo colega as estantes, os corredores, a divisão por assunto, a maneira de organizar os títulos, a inclusão e consulta de obras no sistema, como encomendar livros e todas as atividades da livraria. A parte que Joslin mais gostava era abrir as caixas de livros novos, cadastrá-los e depois colocá-los nas prateleiras. Outra coisa que Max fez foi pedir para Joslin escolher o primeiro livro que ia ler. Disse que uma estratégia que ele e os outros colegas da livraria utilizavam era não lerem o mesmo livro ao mesmo tempo. Assim, um ia contando para o outro o enredo do livro que estava lendo. Dessa forma, todos tomavam conhecimento de mais obras. Joslin escolheu *Grande Sertão: Veredas*, do escritor Guimarães Rosa. Max lhe disse que Rosa era mineiro de uma cidade chamada Cordisburgo, no norte do Estado. Tinha sido também diplomata e essa profissão o fez conhecer sua segunda esposa, Aracy de Carvalho, uma mulher extraordinária, poliglota que trabalhava no Ministério das Relações Exteriores no período da Segunda Guerra Mundial. Ela usou seu cargo como chefe da seção de passaportes no consulado brasileiro em Hamburgo para conceder vários desses documentos para judeus e assim salvá-los da perseguição nazista. Joslin ficou impressionado com a história de Aracy e sempre que pegava o livro de seu marido para ler, pensava nela.

Com o tempo Joslin percebeu que o livro que escolheu era bem difícil para ele entender. Max lhe explicou que, além de usar regionalismo, Guimarães Rosa, que era um escritor brilhante, fazia seus personagens se expressarem de uma forma muito bonita e poética, mas às vezes difícil até para os brasileiros. Joslin sabia exatamente do que Max estava falando. Passava tempos e tempos tentando entender uma única frase. Mas ele sabia que tinha beleza naquilo que não conseguia entender. Quanto mais ele contava para os colegas o que estava lendo, mais entendia o amor entre Riobaldo e Diadorim.

Ao contrário do que acontecia com o *Grande Sertão: Veredas*, Joslin não teve dificuldade para entender o trabalho. Aprendeu tudo rápido. Com poucas semanas já dominava

ABALO

todas as atividades e atendia os clientes com desenvoltura. Naturalmente ele não conhecia grande parte do acervo, mas conseguia se sair bem das situações, consultava o sistema e os colegas. Sr. Valdir, que acompanhava a atuação de seus funcionários de perto, estava satisfeito com o trabalho que Joslin fazia. E a amizade entre Joslin e Max também crescia. Muitas vezes, quando Max estava em período de provas na faculdade, Joslin o substituía nas atividades para que ele pudesse estudar e se sair bem. Essa prática era aprovada pelo Sr. Valdir, que valorizava tanto o estudo quanto o companheirismo. E tanto ele quanto Max sempre que tinham oportunidade, buscavam incentivar que Joslin ingressasse na universidade também.

Ser um universitário era um sonho de Joslin desde que ele ainda estava no Haiti. E agora que ele tinha um bom trabalho e acreditava que iria de fato se estabelecer em Curitiba, ele poderia realizar esse sonho. Ele então seguiu o exemplo de Max e, depois de um longo processo para acertar a documentação, começou a frequentar aulas noturnas. Tinha ainda que terminar o que no Brasil era chamado de Ensino Médio para depois prestar os exames e entrar na faculdade. Estava esperançoso.

Com a nova rotina de trabalho e estudo, Joslin saía cedo de casa e voltava tarde. Quando ia para a livraria, Edy ainda estava dormindo e, quando voltava, o amigo ainda estava cumprindo seu turno no restaurante. Isso fez com que eles se vissem menos e só tivessem oportunidade de conversar nos fins de semana. Nessas ocasiões, contavam o que tinham vivido na semana, as curiosidades sobre as atividades de cada um, os colegas, um ou outro episódio pitoresco. Joslin observou que nessas conversas, a cada novo sábado, enquanto ele estava cada vez mais contente com seu emprego e seus estudos, Edy parecia gradativamente mais cansado e desanimado. O amigo não tinha mais vontade de falar e quando falava era para reclamar da rotina, do horário, das pessoas. Joslin gostaria de ajudar o amigo, mas não sabia como.

Na segunda-feira que sucedeu um sábado em que Joslin ficou muito triste com a situação de Edy, comentou com Max o que se passava com o amigo:

— Ele não está feliz, mas precisa trabalhar.

Max então falou que Edy podia procurar outro emprego, mesmo ainda trabalhando. Ele podia aproveitar as manhãs para visitar as instituições de encaminhamento para consultar as vagas disponíveis e atualizar seu currículo. Max disse ainda que para ser um bom candidato a qualquer vaga, era sempre importante que o pretendente, fosse ele brasileiro ou imigrante, estivesse sempre estudando algo novo, se aperfeiçoando. Joslin não tinha pensado nessa alternativa. Decidiu que naquela noite ia esperar Edy chegar do restaurante e falar para ele sobre essas possibilidades. E foi além: em seu horário de almoço foi até uma instituição que funcionava relativamente perto da livraria para dar uma olhada nas vagas que estavam disponíveis. Lá ele descobriu vagas de estoquista de supermercado, mensageiro de hotel e serviços gerais. Joslin pensou que mensageiro de hotel seria um ótimo trabalho para seu amigo, já que ele era muito comunicativo e sempre esteve atento a tudo em sua volta. Além disso, o português de Edy estava bem melhor e ele falava francês. Pegou as informações das vagas e voltou para o trabalho.

À noite, quando voltou das aulas, foi difícil para Joslin se manter acordado até Edy chegar. Ele cochilou um pouco e cochilando estava quando Edy chegou com uma cara cansada. Quando ouviu o que Joslin tinha para lhe dizer, a feição abatida de Edy se iluminou. Ele perguntou se Joslin achava

ABALO

mesmo que ele tinha chance de conseguir uma daquelas vagas. Gostaria de trabalhar em um hotel em horário diurno e poder aproveitar a noite para fazer outras coisas:

— Quem sabe até estudar...

Ouvindo isso, Joslin levou um susto e ficou muito contente com essa nova ideia do amigo. Respondeu que sim, achava que Edy tinha chance e que ele deveria ir se candidatar para a vaga na manhã seguinte:

— Vá e depois passe na livraria no meu horário de almoço para me contar como foi.

Joslin trabalhou a manhã toda na expectativa das notícias de Edy. Este chegou por volta do meio-dia dizendo que se candidatou à vaga e que agora teriam que esperar. A moça que o atendeu na instituição confirmou a opinião de Joslin e disse que de fato Edy tinha grandes chances de conseguir a vaga. Fez o cadastro dele e disse que "agora é o tempo da empresa. Temos que esperar". Max que já conhecia Edy de outras visitas à livraria, lhe disse que o processo era assim mesmo e que tudo estava correndo dentro da normalidade. Joslin concordou e lembrou o amigo do tanto que sofreu quando estava esperando ser chamado para a entrevista com o Sr. Valdir:

— Vai dar tudo certo. *Pasyans, frè mwen*[19].

Passaram-se quase dois meses sem nenhum retorno. Edy já tinha desistido de trabalhar no hotel quando lhe telefonaram convidando para uma entrevista naquela mesma tarde. Isso iria fazer com que ele chegasse atrasado no restaurante, mas ele achava que valia o risco.

A entrevista foi com a gerente do hotel, que, se não era muito simpática, também não era uma pessoa difícil. Ela fez

---

[19] **Paciência, meu irmão.**

algumas perguntas básicas para Edy, como por que ele gostaria de trabalhar no hotel, quanto tempo ele precisaria para começar, caso fosse aprovado, as ambições para o futuro. Depois ela pediu para conversarem um pouco em francês, o que deixou Edy contente, pois ele sabia bem, uma vez que a colonização haitiana era francesa. Quando acabou, ela disse que tinha mais algumas entrevistas para fazer e que em breve entrariam em contato comunicando o resultado.

Edy agradeceu e foi rapidamente para o restaurante. Mesmo correndo, chegou cerca de vinte minutos atrasado. Quando entrou no vestiário para colocar o uniforme, seu supervisor lhe deu uma advertência e disse que, da próxima vez que se atrasasse, ele poderia procurar outro emprego. Edy ficou em silêncio e pensou:

— Mal sabe ele que já estou procurando outro emprego.

Trabalhou naquela noite como de costume, mas alguma coisa tinha mudado dentro dele. Ele não estava sentindo o peso que vinha carregando nos últimos tempos. Naquele momento ele tinha esperança de que uma coisa melhor estava chegando. E de fato chegou. Quinze dias depois, Edy começava em seu novo trabalho no hotel.

UMA CONVERSA DIFÍCIL

Quando fez um ano que Joslin estava trabalhando na livraria, o Sr. Valdir e os colegas fizeram um café da manhã especial para celebrar. Essa era uma tradição que o Sr. Valdir fazia questão de manter. Ele deu um *lap top* de presente para Joslin, dizendo que era para ele usar quando ingressasse na universidade. Joslin ficou muito emocionado e, como disse Max, "todo bobo" com o presente. Joslin estava feliz e pensou como gostaria de mostrar o seu presente, que era um reconhecimento pelo bom trabalho que ele estava fazendo, para Josline. Ela ia ficar orgulhosa dele e ia abraçá-lo com muita força, ele sabia. Fechou os olhos e contou mentalmente para a mãe aquela boa nova. Podia ser coisa da cabeça dele, mas sentiu que Josline estava ali. Sorrindo.

Estavam no período que antecedia a Páscoa e as lojas da cidade estavam todas enfeitadas com ovos de chocolate de vários tipos e tamanhos. Havia também muitos coelhos de chocolate, casinhas, bombons e uma sorte de outras coisas. Joslin queria retribuir toda a gentileza e amizade que vinha recebendo de Sr. Valdir e de Max, presenteando-os com algum chocolate simbólico. Ia dar um para Edy também. Ele era o amigo com quem podia contar em qualquer situação desde o Haiti.

Entrou em uma loja de departamentos que também vendia produtos de Páscoa e começou a olhar os ovos. Muitas pessoas estavam ali fazendo a mesma coisa e por isso havia um certo tumulto. Os seguranças estavam atentos a todos e Joslin percebeu que havia um que estava bem perto dele.

De repente, ele ouve uma voz lhe chamando. Virou-se para atender o chamado e ficou feliz ao ver Oliver:

— Meu Amigo! Como você está?

Oliver o cumprimentou de maneira simpática, mas Joslin não viu aquela alegria de antes. Oliver falou em *créole*:

— Você percebeu que o segurança está te vigiando?

Joslin, um pouco surpreso, respondeu:

— Me vigiando? Achei que ele estivesse vigiando a loja como um todo.

Oliver deu um sorriso entristecido e chamou Joslin para tomarem café em uma lanchonete ali perto. Joslin aceitou o convite e eles foram.

Quando se sentaram, Joslin perguntou:

— O que está acontecendo, meu amigo? Estou te achando triste e abatido.

— Estou desiludido, triste e frustrado, meu amigo — respondeu Oliver. E continuou:

— Como você pode ver, estamos quase chegando no dia de Páscoa e esse ano Martina e eu estávamos muito felizes, pois poderíamos dar um ovo de chocolate para cada uma das nossas crianças, e não um único para eles dividirem, como foi nos últimos anos. Assim, no sábado passado a gente falou para elas que iríamos no mercado e cada uma poderia escolher o ovo que quisesse. Você pode imaginar a alegria que foi dentro de casa. Chegamos no mercado e foi difícil controlar os quatro, pois estavam muito empolgados, andando de um lado para o outro, pegando um ovo, olhando, pegando outro. Martina e eu falávamos para eles só olharem sem tocar. Eles até obedeciam num primeiro momento, mas rapidinho esqueciam e já estavam lá tocando de novo. Era bonito de ver a alegria deles. De repente, eu olhei para minha

ABALO

esposa e percebi que ela estava com um aspecto diferente. Perguntei o que tinha acontecido e ela me mandou olhar em volta. Havia quatro seguranças a nossa volta, nos vigiando. No primeiro momento eu não acreditei que eles estavam ali tomando conta da gente, afinal não estávamos fazendo nada de mais. Resolvi fazer um teste e me afastei da minha família. Dois dos seguranças vieram atrás de mim. Ainda assim não estava acreditando naquilo. Andei pela loja toda e fingi que ia sair. Nesse momento, os seguranças se aproximaram e cada um segurou em um braço meu.

— O que está acontecendo? — perguntei.

— Venha com a gente porque precisamos te revistar — um deles falou.

— Revistar por quê? O que vocês acham que eu fiz?

— Por favor, venha com a gente.

— Com vergonha e com medo de que meus filhos vissem aquela cena, eu fui com eles até uma sala no fundo da loja. Lá eles me revistaram, abriram a minha mochila e tiraram tudo o que havia dentro dela. Quando viram que não tinha nada, eles perguntaram se o roubo estava com a minha parceira. Nessa hora eu percebi que eles podiam querer levar Martina para uma sala daquelas e fazer a mesma revista nela. As crianças iam ver e se assustar. Isso me revoltou e eu comecei a gritar com eles. Falei que era trabalhador e estudante e joguei na cara deles a minha carteira de trabalho e a carteirinha da universidade. Disse ainda que, se ele incomodasse minha esposa e filhos, ia chamar a imprensa ali. Eles ficaram meio sem palavras e me deixaram ir.

Quando encontrei de novo minha família, Martina estava aflita. Ela ficou me procurando com os olhos e só não foi atrás de mim para não alardear as crianças.

— O que aconteceu? — ela perguntou.

— Eu só pude dizer que queria ir embora dali e que em casa eu lhe contaria tudo. As crianças não entenderam nada, até porque voltaram para casa sem os ovos de chocolate. Habilidosamente, Martina lhes disse que a ida no supermercado tinha sido um teste para a gente ver quais ovos elas queriam e que quando a Páscoa chegasse, eles receberiam de acordo com suas escolhas. Naquela noite eu chorei. Chorei por vergonha, chorei por revolta, chorei por medo do futuro dos meus filhos.

Ouvindo tudo aquilo, Joslin estava triste e confuso. Não conseguia entender o motivo que levava as pessoas a fazerem aquilo com os outros. E a cada dia ouvia um irmão haitiano passando por esse tipo de coisa:

— É assim — disse Oliver. — Fazem isso com a gente por causa da cor da nossa pele. Existe a xenofobia? Existe. Imigrantes de outros lugares têm problemas? Têm problemas. Mas o nosso problema é maior por causa da nossa pele. Precisamos ser fortes, meu irmão. Obrigada por me escutar. Agora eu preciso ir comprar os chocolates dos meus filhos. Afinal eles não podem ter uma Páscoa triste por causa desse episódio.

A voz de Joslin estava embargada quando se despediu.

Joslin ficou bastante afetado com toda aquela história. Até então ele não tinha se dado conta dessa realidade que Oliver lhe trazia. No Haiti ele era igual a todos. Não tinha essa diferença. Começou a lembrar de coisas que viveu: a noite em que voltava para o apartamento do jantar na casa de Oliver e Martina com Edy e Jean e os policiais no carro ficaram observando-os. A proximidade incômoda do segurança na loja quando foram comprar as roupas para sua entrevista de emprego e de novo naquele dia em sua busca por ovos de

ABALO

chocolate. Até então ele achava que aquilo era normal, que aqueles eram tratamentos dados a todas as pessoas. Não era. Uma mistura de tristeza, revolta e desânimo, igual a que Oliver disse que estava sentindo, também se apossou dele. Ele era impotente diante de tudo isso.

Naquela noite ele não foi na aula. Precisava ir para casa contar aquilo tudo para Edy e perguntar se o amigo já tinha vivido alguma coisa parecida. Quase caiu para trás quando Edy respondeu:

— Meu amigo, no trabalho no restaurante vivia coisas assim praticamente todos os dias. Por que você acha que eu queria tanto sair de lá? As pessoas tratam mal, olham diferente, acham que podem pagar menos e fazer um monte de coisa ruim por causa da cor da nossa pele. Além disso, todas as noites que eu voltava muito tarde do trabalho, corria riscos. A polícia me parou várias vezes para me revistar, só porque eu estava andando pelas ruas. Para evitar problemas, eu sempre deixava minha carteira de trabalho fácil de mostrar. Já teve cliente no restaurante que não quis ser atendido por mim e preferiu ser atendido por outro garçom branco. As gorjetas que eu ganhava sempre eram mais baixas do que as que os brancos recebiam. E várias outras coisas. Por isso que quis mudar de trabalho. Por isso eu resolvi que vou estudar. Talvez com um diploma essa discriminação acabe.

Joslin tinha muita coisa para pensar. Ele se perguntava como pôde ter sido tão ingênuo por tanto tempo. Logo ele que gostava tanto de ler, que conversava com vários tipos de pessoas, que trabalhava em uma livraria. Era inadmissível que as pessoas em sua volta, pessoas queridas e até ele mesmo tivessem passado por tantos episódios de preconceito e ele não tivesse se dado conta. Aquilo tinha que mudar. Mas agora a consciência dele se expandiu. E como ele leu uma vez em um livro de um biólogo chileno chamado Humberto Maturana: "quando a gente se pergunta como faz para sair de uma situação, já começou a sair dela". Não lembrava se essa era exatamente a frase, mas era algo assim.

AMOR NOS TEMPOS DA COVID

O tempo passava rápido. No Brasil, e especificamente em Curitiba, Joslin já havia vivido muitas coisas. Algumas boas, outras ruins. O trabalho na livraria ia bem. Max já tinha se formado em Letras e agora dava aulas em uma escola. Ele convidou Joslin e o Sr. Valdir para a cerimônia de formatura. O dono da livraria compareceu trajado com sobriedade e vestindo um paletó xadrez que usava em situações formais. Joslin achou tudo tão bonito e ficou imaginando como seria a sua própria formatura. Ainda que não trabalhasse mais na livraria, Max ia até lá com certa frequência, para visitar Edy e em busca de novos livros. Em todas essas ocasiões era saudado pelo Sr. Valdir com a frase:

— Ora, ora, ora, como vai o nosso letrólogo? Satisfação em tê-lo aqui, meu jovem. Joslin sempre esperava para ouvir o patrão falando daquela forma. Ele gostava da maneira como o patrão usava as palavras.

Se por um lado a saída de Max da livraria causou uma certa tristeza em Joslin, que não teria mais a convivência diária com o amigo, profissionalmente para ele foi bom. Ele assumiu a posição de Max, ficando responsável por outras atividades, o que resultou em um aumento de salário. Além disso, a natureza das novas tarefas o aproximava ainda mais do Sr. Valdir, o que para ele era um aprendizado diário. Sr. Valdir vinha de uma família bem rica, era muito culto, inteligente, tinha viajado por boa parte do mundo. Era viúvo e depois que a esposa faleceu nunca mais quis se casar. Sempre dizia que carregava duas grandes alegrias na vida: a livraria e sua neta Ana. A menina tinha por volta dos dez anos, estudava inglês e francês e fazia aulas de piano. Às vezes ia na livraria visitar o Sr. Valdir e os dois ficavam lendo juntos no escritório. Sempre que ela aprendia uma música nova no piano, tocava para o avô que ficava todo orgulhoso.

Uma manhã o Sr. Valdir chegou um pouco preocupado na livraria. Disse para Joslin que o jornal matinal reportou o acontecimento de uma coisa estranha na Itália. Um vírus vinha atacando as pessoas e muitas delas estavam morrendo. Para evitar que esse vírus e a doença que ele causava se espalhassem, o governo italiano mandou que todos os cidadãos ficassem em casa, que as lojas e o comércio em geral fechassem e proibiu a entrada de estrangeiros no país até que descobrissem o que estava acontecendo e o que fazer a respeito:

— Parece que estamos vivendo no enredo de *A Peste*, de Camus – murmurou o Sr. Valdir.

Joslin achou uma situação ruim, mas não deu muita importância. Ele tinha outras coisas para se preocupar. Esse novo motivo de preocupação tinha entrado na livraria uns dias antes. Ele estava entre as prateleiras guardando alguns livros novos, quando o sininho da porta de vidro, que indicava que alguém estava chegando, tocou. Joslin esticou o pescoço para olhar do lado da prateleira e viu uma moça alta, magra, com cabelos ruivos presos em um rabo de cavalo, vestindo uma calça jeans, blusa listrada de vermelho e preto e tênis *all star*. Ele não estava preparado para o efeito que aquela aparição lhe causou. Seu coração disparou e ele começou a suar. Ficou por um momento tentando controlar a respiração e observou que a moça se encaminhou para a seção de livros sobre cinema. Joslin então se reprovou mentalmente por nunca ter lido nada a respeito do assunto. Ajeitou a roupa e foi até onde a moça estava:

ABALO

— Bom dia. Procurando alguma coisa específica?

Quando falou essa frase, ele tinha certeza de que todas as palavras estavam erradas e que seu sotaque estava muito acentuado. Teve até medo de a moça não ter entendido. No entanto, ela sorriu de uma maneira tímida e disse:

— Bom dia. Obrigada, mas estou dando uma olhada no que vocês têm. Nada específico.

Joslin percebeu que o cabelo da moça tinha um tom de vermelho que lembrava a cor da casca de cebola. Ela tinha olhos grandes e escuros e o rosto era coberto por pintinhas da mesma cor dos cabelos.

Joslin não conseguia pensar em mais nada para dizer e, portanto, apesar da vontade de ficar ali perto da moça, falou:

— Está bem, então. Se precisar de alguma ajuda, é só chamar. Eu me chamo Joslin e vou estar ali atrás.

— Muito obrigada, Joslin. Se precisar, eu aviso.

A voz dela era um pouco rouca e Joslin sentiu uma emoção que não sabia explicar quando ela pronunciou seu nome. Ele então foi para o balcão da livraria e ficou fingindo trabalhar no computador enquanto observava os passos da moça atentamente. Ela tirava um livro, foleava, devolvia para seu lugar. Em um momento ela encontrou algum que lhe chamou mais atenção. Encostou-se na estante e leu algumas partes. Joslin, para aproveitar o tempo, fez uma busca rápida sobre literatura a respeito de cinema, para poder ter algo a dizer para a jovem.

Estava nessa busca quando ela se aproximou e disse:

— Licença, você tem algum livro sobre Roger Corman?

Joslin sabia que tinha, mas queria ganhar mais tempo com ela.

— Só um minuto, vou verificar.

Joslin então simulou consultar o banco de dados em busca do livro que a moça queria. Ficou orgulhoso consigo mesmo por ter feito a busca prévia sobre cinema e, por isso, não precisou perguntar como se escrevia o nome do diretor que ela falou. Isso ia passar a impressão de que ele entendia do assunto. Uma ideia veio em sua mente e ele disse:

— Infelizmente não temos em estoque no momento. Mas por sorte o pedido foi feito e devemos receber nos próximos dias. Se você quiser, pode me passar o seu contato que eu a aviso assim que chegar.

Joslin ficou com medo de não ter conseguido disfarçar a ansiedade. E quando a moça respondeu que não precisava se incomodar, pois ela voltaria em alguns dias, ele teve certeza de que não tinha mesmo conseguido. Assim acabou aquele breve encontro e começou uma longa espera para Joslin.

A partir daquele dia, cada vez que o sininho da porta tocava, Joslin vivia um ciclo de emoções: o coração disparado, grande expectativa de que fosse a moça ruiva e imenso desapontamento quando descobria que não era. Com o passar dos dias, foi crescendo a frustração de Joslin. Mas não era só a frustração de Joslin que crescia. Aquele vírus sobre o qual Sr. Valdir falara já não estava mais só na Itália e se espalhara pelo mundo todo. As pessoas tinham medo, começaram a querer estocar comida, limpavam a casa com desinfetante várias vezes por dia. Todos tinham que usar máscara. Ninguém sabia como lidar com tudo aquilo. As mortes começaram. No Brasil também fizeram o que ao redor do mundo chamavam de *lockdown*. Ou seja, tudo fechado e as pessoas em casa. As chances de Joslin ver novamente a moça de cabelo ruivo iam diminuindo cada vez mais.

ABALO

Ficar em casa nos primeiros dias até que foi bom. Ele pôde organizar várias coisas, colocar a conversa com Edy em dia, estudar por meio do *lap top* que o Sr. Valdir lhe deu. Os amigos acompanhavam pela TV o que estava acontecendo e se assustaram com o tamanho daquele fenômeno chamado pandemia de Covid-19. Muita gente morria diariamente. Joslin e Edy não acreditaram quando viram as imagens dos mortos em Manaus sendo enterrados em covas coletivas. Parecia o Haiti depois do terremoto. Joslin mais uma vez ficou muito pensativo, se perguntando por que mais uma vez tinha que testemunhar um sofrimento coletivo tão grande? Por que mais uma vez tinha que conviver com aquele medo extremo da morte?

Os meses se passaram e todos já estavam exaustos de ficar em casa. Mas a pandemia estava longe de acabar. Uma válvula de escape e que dava um sopro de alívio eram os artistas que faziam *shows* ao vivo transmitidos pela internet – as famosas *lives*. De novo a arte estava ajudando a salvar pessoas. Joslin e Edy se preparavam para as *lives* como quem se prepara para um grande evento. Em meio a uma delas, uma mensagem chegou no celular e o mundo de Joslin caiu: Martina tinha morrido de Covid.

Os amigos ficaram consternados e queriam ir consolar Oliver e as crianças. Acontece que, naquele momento, os velórios estavam proibidos e eles não podiam sair. Joslin sabia o que era perder uma mãe tão querida, de uma forma tão traumática e estúpida. Durante dias ficou com os rostos de Saymon, Shantal, Sheree e Sorel rondando seus pensamentos junto com um grande aperto no peito. Quanta dor, quanta perda, quanto medo. E Martina estava entre milhares de pessoas que morriam mundo afora. Joslin sempre pensava que cada um daqueles números que ele via na TV sendo contados como um dos mortos, era uma vida, uma família, uma história. Famílias foram dizimadas. Vivia-se um luto coletivo formado por vários lutos individuais.

Parecia que a pandemia nunca ia acabar. Os governantes fecharam tudo porque os números de casos de infectados e de mortes subiram muito. Depois esses números baixaram e as lojas, bares, bancos, escolas, restaurantes, mercados e tudo mais abriram com restrições. Fecharam de novo. Abriram novamente. Era muito exaustivo esse abre e fecha, mas era necessário para salvar vidas. Nos momentos de abertura, ir trabalhar, fazer compras no mercado ou estar em qualquer lugar em que havia mais gente, era uma experiência de muita tensão. Mesmo de máscara, as pessoas tinham medo umas das outras e se olhavam desconfiadas. O álcool em gel, usado para desinfectar as mãos, sumiu das prateleiras e, quando as pessoas conseguiam encontrar em algum lugar, tinham que pagar muito caro por ele. Eram dias de muito medo, perda, dor e incertezas. Mas Joslin, mesmo com medo, sempre ficava contente por poder voltar à livraria, pois tinha a esperança de rever a moça ruiva. Ela poderia estar precisando muito do livro sobre Roger Corman e Joslin, só por precaução, deixou um exemplar separado para ela.

UMA IDA AO SHOPPING

Chegou o tempo em que a pandemia de Covid-19 arrefeceu um pouco. Não tinha acabado, mas as pessoas puderam voltar a viver uma certa normalidade. Joslin ficou responsável por coordenar tudo na livraria, pois, devido a idade e ao risco, a família do Sr. Valdir não queria que ele fosse para lá. Mas Sr. Valdir não gostava de ficar longe, queria saber de tudo o que estava acontecendo. Por isso, ele e Joslin tinham reuniões *on-line* todas as manhãs e todas as tardes, no início e no final do expediente. Muitas vezes não havia muito o que ser dito, mas Joslin ficava contente por ajudar a manter o patrão seguro. Por isso foi com muito espanto que ele viu o Sr. Valdir entrando pela porta em uma manhã:

— Sr. Valdir, o que está fazendo aqui?

O livreiro caminhava com um pouco de dificuldade. Estava usando máscara e uma bengala, o que era novidade para Joslin.

— Ora, ora, ora, meu jovem! Bom dia para você também! É muito bom ver você pessoalmente! — Foi falando enquanto caminhava pelo corredor em direção a Joslin. — É muito bom também estar aqui, em meio a todos esses livros. Isso estava me fazendo falta.

Joslin percebeu que havia sido indelicado e foi recebê-lo se corrigindo:

— Bom dia, Sr. Valdir. É muito bom ter o Sr. aqui. Só reagi daquele jeito porque fico preocupado com sua saúde.

— Descanse, meu jovem. Eu entendo. Mas eu vim aqui para ficar um pouco com meus livros e te pedir um favor.

Amanhã é aniversário da Ana e eu encomendei de um amigo meu, que é dono de uma loja de instrumentos musicais, uma partitura especial para dar de presente para ela. Eu preciso que você vá até lá buscar essa partitura para mim. Você faria essa gentileza?

— Claro, Sr. Valdir. Onde fica a loja?

— Fica em um shopping. Vou te passar o endereço, mas primeiro vamos tomar um café. Peça na padaria que tragam alguns quitutes para nós. Precisamos celebrar a nossa reabertura e a minha vinda aqui depois desses dias terríveis pelos quais passamos nos últimos tempos.

Joslin ficava admirado de ver o quanto o Sr. Valdir gostava de celebrar a vida e todas as coisas que aconteciam.

Depois que tomaram o café da manhã, o Sr. Valdir ficou na livraria enquanto Joslin foi até a loja Motta Instrumentos Musicais com a importante missão de buscar o presente de aniversário da Ana, neta querida do patrão. O shopping no qual a loja ficava era de luxo. Lojas de marcas exclusivas, decoração requintada e suntuosa. Joslin entrou e ficou admirando tudo aquilo enquanto procurava a localização da loja do amigo do Sr. Valdir. Quando passava em frente à grande vitrine de uma loja de roupas masculinas, viu pelo reflexo no vidro que um segurança o estava seguindo. Imediatamente lembrou do episódio vivido por Oliver. Começou a suar e a tremer. Sentiu medo quando levou a mão no bolso e percebeu que tinha deixado a carteira de trabalho dentro da mochila que ficou na livraria. Quando estava quase se desesperando, pensou em seus antepassados que libertaram o Haiti. As imagens de Chovel em seu uniforme de soldado e de Josline sorrindo para ele também vieram a sua mente. Ele então respirou fundo e começou a andar com segurança e altivez pelo shopping. Fingia nem estar percebendo a presença do segurança que estava em seu encalço:

ABALO

"Vou levar o rapaz para passear", pensou.

Começou então a andar por todos os corredores do shopping, a parar em frente a lojas aleatórias e a fingir que olhava despreocupadamente as últimas novidades expostas. A cada momento observava pelos reflexos se continuava sendo seguido e se divertia ao ver que sim. Subiu escada rolante, desceu escada rolante, entrou e saiu de corredores, simulou entrar em uma ou outra loja.

A brincadeira de Joslin com o segurança durou um bom tempo. Quando ele já estava cansado de se divertir com a situação, se dirigiu até a porta da Motta Instrumentos Musicais, que ele tinha visto onde ficava em uma de suas voltas. Antes de entrar na loja, se virou abruptamente para o segurança e perguntou:

— Estou vendo que está me seguindo. Posso te ajudar com alguma coisa?

O homem ficou pálido pois não esperava aquela reação e respondeu:

— Não, senhor, foi um engano.

— Ah, então está bem. Vou entrar na loja do amigo do meu patrão para buscar uma encomenda, então. Se precisar de algo, estou por aqui. — Virou as costas e entrou na loja.

Naquela noite Joslin e Edy riram muito daquela história. Edy pedia para Joslin detalhar cada reação do segurança e a cara de susto deste quando o perseguido o pegou no flagra. E cada vez se divertia mais. Chegou a chorar de tanto rir e disse que gostaria de estar lá para testemunhar aquilo tudo acontecendo. Passado o instante de diversão, Edy ficou sério e perguntou:

— *Frè mwen*, mas você não teve medo?

Joslin o olhou gravemente e respondeu:

— Eu fiquei apavorado. Tive medo a cada instante. A cada passo que eu dava, lembrava de Oliver na loja de chocolate. Lembrava de Moïse[20], no Rio de Janeiro. Lembrei do risco que você correu toda noite voltando do trabalho. Minha vontade era ir embora, me esconder. Mas a gente não pode se entregar ao medo. Eu não podia ir embora nem me esconder. Tinha que continuar, fazer meu trabalho, viver. Por mim, por todos os irmãos haitianos, por todos nós. Lá na livraria eu li um livro do Guimarães Rosa em que ele fala uma coisa que ficava ecoando na minha cabeça o tempo todo em que estava naquele shopping sendo perseguido pelo segurança: "a vida quer da gente é coragem".

---

[20] Refugiado congolês que trabalhava em um quiosque na praia e foi assassinado brutalmente após cobrar o pagamento atrasado.

ENFIM A UNIVERSIDADE

Estavam novamente no mês de dezembro e aquele era especial para Joslin. Ele finalmente conseguiu terminar o ensino médio e prestou o vestibular. No dia da divulgação do resultado, o Sr. Valdir foi conferir antes mesmo dele. Quando chegou na livraria, o patrão já estava lá para cumprimentá-lo e celebrarem juntos essa grande conquista. Ele foi aprovado e ia começar a faculdade de economia. Joslin não podia acreditar. Ele finalmente conseguiu.

Passaram as festas de final de ano e ele fez questão de no dia primeiro de janeiro, cozinhar uma sopa de *joumou,* para celebrar o ano que estava começando da mesma maneira que seus antepassados faziam. Convidou para a celebração Jean, Oliver e as crianças, além de Edy. Foi muito bom estar com aqueles amigos desfrutando de um costume tão importante da cultura do seu país natal. Falaram sobre as perspectivas para o ano novo, as esperanças no que estava por vir e a saudade dos que não estavam mais ali.

Durante todo o mês de janeiro, Joslin aproveitava as horas de leitura que tinha na livraria para ler livros sobre economia. Queria chegar nas aulas bem preparado e fazer as perguntas certas aos professores. As aulas aconteceriam no período da manhã e isso deixou Joslin preocupado com o trabalho, do qual ele não podia abrir mão. Ficou bastante constrangido de falar isso com o Sr. Valdir. Pode-se imaginar o alívio que sentiu quando o livreiro lhe falou que já imaginava isso e que nos dias de aulas Joslin teria que trabalhar somente meio expediente. O seu patrão era uma prova de que, apesar de toda a injustiça e maldade que há no mundo, existem também pessoas boas, dispostas a ajudar os outros.

No primeiro dia de aulas Joslin estava muito nervoso. Ao passar pelo portão da universidade, ele se sentiu ao mesmo tempo minúsculo e imenso. Andou por toda parte, queria ver tudo. Parecia uma criança em um parque de diversões. Saber que fazia parte daquele universo acadêmico lhe causava uma sensação que ele não podia explicar. Foi então procurar por sua sala. No caminho viu vindo no corredor em sentido oposto, alguém que ele já conhecia. Era a moça do cabelo ruivo. Num primeiro momento achou que era coisa da cabeça dele. Mas quando se cruzaram, ele teve certeza de que era ela mesmo. Não se falaram. Joslin acha que ela nem mesmo o viu. Mas ela estava ali e ele teria todo o tempo do seu curso para puxar conversa. Ao pensar isso, não soube por que a imagem de Ylet lhe veio à mente.

Como todo estudante, havia aulas das quais Joslin gostava e outras não. Todas as manhãs ele procurava pela moça de cabelo ruivo pelos corredores, mas nunca mais a viu. Pensou que talvez ela tivesse se transferido para outra universidade ou mesmo que naquele dia ela estivesse ali só de passeio. Em conversa com colegas de turma, descobriu que, apesar da universidade ter o curso de cinema, este ficava em outro campus e que de vez em quando os alunos de lá iam até ali para fazer um ou outro trabalho. Joslin ia ter que continuar contando com a sorte para rever a moça.

Parecia que aquele era o ano dos reencontros. Em uma manhã em que ele não teve as primeiras aulas, foi um pouco mais tarde para a universidade. Ao esperar um sinal fechar para atravessar, do outro lado da rua identificou uma silhueta que conhecia bem: era o sargento Carvalho. Ficou muito feliz em ver o velho amigo, atravessou a rua apressadamente e

ABALO

correu atrás dele. Quando o alcançou, colocou a mão em seu ombro e falou:

— Sargento Carvalho, sou eu, Joslin!

O homem se assustou num primeiro momento, mas quando se deu conta de que quem o estava abordando era aquele jovem que conhecera no acampamento do Haiti anos antes, deu um sorriso e o abraçou com afeto genuíno.

Os dois ficaram muito tempo conversando. Joslin contou toda a sua história desde o momento em que o sargento Carvalho tinha ido embora do acampamento. Joslin disse ainda que estava muito feliz por ter conseguido entrar na universidade e que achava que tinha sido uma coisa sagrada o fato de ter encontrado com o amigo naquele momento, pois assim ele podia lhe agradecer.

Ao ouvir isso, o sargento Carvalho ficou confuso, mas Joslin lhe explicou que sabia que muito do que ele tinha obtido no Brasil, das dificuldades que ele conseguiu evitar e das portas que lhe foram abertas, se devia ao fato de ele saber português. E ele só sabia português porque o sargento Carvalho autorizou que o cabo Dias lhe desse aulas no acampamento. O militar se emocionou.

Contou para Joslin que já não era mais sargento, pois tinha sido promovido a capitão. Que depois que saiu do Haiti passou por algumas missões até voltar para o Brasil, onde pegou Covid, foi entubado, ficando entre a vida e a morte. Mas a hora dele ainda não tinha chegado. Estava em Curitiba a passeio, visitando uns parentes e permaneceria até o final daquela semana. Depois voltaria para sua cidade, Juiz de Fora, e ficaria muito satisfeito em receber a visita de Joslin e levá-lo para passear e conhecer todos aqueles lugares sobre os quais ele havia lhe falado nas rondas noturnas do acampamento.

Joslin agradeceu o convite e disse que iria com muito gosto assim que fosse possível. Os dois então trocaram os números de telefone e se despediram de maneira emocionada. Joslin sentiu que aquela não era a última vez que via o agora capitão Carvalho. Foi para a universidade feliz e pensativo.

Um filme passou em sua cabeça. Desde aquele 12 de janeiro, uma terça-feira quente no Haiti em que faltou aula para descansar, a impressão que ele tinha era que o chão nunca mais ficou firme de verdade sob seus pés. Parece que a vida é assim: momentos de estabilidade e sensação de segurança precedem grandes terremotos que desestruturam as pessoas.

No Brasil existe uma outra maneira com a qual os brasileiros se referem a terremoto: abalo sísmico. E é isso que um terremoto faz. Abala toda uma vida, muda os caminhos, aparta as pessoas de quem elas amam. E quem sobrevive, passa o resto dos seus dias meio "cismado", com medo de passar por outro. Com esses pensamentos, ele chegou na porta da universidade. Sentiu uma vontade forte de não entrar, ficar ali fora lendo um livro ou mesmo de ir para casa. Pensou por um instante em fazer isso e quase cedeu a essa vontade. Não iria fazer mal, pois só teria as duas últimas aulas e ele estava indo bem naquela disciplina. De repente, teve um estalo: atitudes iguais levam a resultados iguais. Joslin achou melhor não arriscar. Entrou e foi para a sala de aula.

FIM